KB062385

로크미디어가
유혹하는
재미있는 세상

이것이 법이다

이것이 법이다 57

2019년 2월 21일 초판 1쇄 인쇄
2019년 2월 26일 초판 1쇄 발행

지은이 자카예프
발행인 이종주

기획 팀 이기헌 왕소현 박경무 이승제
책임 편집 최전경

발행처 (주)로크미디어
출판등록 2003년 3월 24일
주소 서울시 마포구 성암로 330 DMC첨단산업센터 3층 318호, 319호
Tel (02)3273-5135 **Fax** (02)3273-5134
홈페이지 rokmedia.com **E-mail** rokmedia@empas.com

ⓒ 자카예프, 2015

값 8,000원

ISBN 979-11-294-0840-2 (57권)
ISBN 979-11-255-9575-5 04810 (세트)

이것이 법이다

57

자카예프 장편소설

ROK
MEDIA
로크미디어

CONTENTS

우바스떼야마

"우엑······."

손채림은 햄버거를 한입 물고는 얼굴이 사색이 되었다.

"뭐 이딴 맛이 다 있어?"

"맛있어 보인다면서?"

"보이기는 했지, 이런 맛이라고는 예상하지 못했지."

노형진은 그런 그녀를 보면서 피식 웃으며 자신의 손에 들린 햄버거를 들어 올렸다.

"원래 새로운 곳에 가면 익숙한 걸 먹는 거야."

"그러면 새로운 맛을 못 찾아 먹잖아?"

독일의 프랑크푸르트 공항.

그곳에서 두 사람은 여행지에서 먹어야 하는 음식에 대해

열띤 토론을 벌였다.

"새로운 음식을 먹었다가 망하면?"

"하지만 익숙한 음식은 한국에서도 먹을 수 있잖아."

"단순히 맛의 문제가 아니라 여행지에서의 안전의 문제 아닐까?"

"어차피 햄버거 가게에서 나오는 건데 먹으면 죽냐? 이게 무슨 전갈튀김이라도 되는 줄 알아?"

이들이 여기서 이렇게 대화하는 것은 독일에 볼일이 있기 때문이다.

새론 독일 지부가 만들어져서 그곳 개원식에 참석하기 위해 온 것이다.

"그래서 실패했잖아?"

"으윽."

정곡을 찔린 손채림.

"그래도 다른 건 맛있겠지."

내리자마자 두 사람은 일단 햄버거부터 먹었다.

기내식을 먹기에는 시간이 애매했고, 제대로 된 식당을 찾자니 그럴 시간이 부족했기 때문이다.

그래서 그 대신 두 사람은 버거를 사 먹었는데, 노형진이 익숙한 맛의 버거를 선택한 반면 손채림은 그릭슈바인 버거라는 것을 선택했다.

그릭슈바인은 독일식 족발 요리인데, 그걸 활용해 만든 버거인 듯했다.

문제는 그게 의외로 손채림의 입맛에 맞지 않았던 것.

"그래서 어쩔 거야? 남은 거 먹을 거야?"

"음……."

손채림은 잠깐 고민했다. 그리고 과감하게 말했다.

"아니, 안 먹어."

"버려, 그럼?"

"그래, 버릴 거야. 과감하게."

"음식 버리면, 나중에 죽으면 그거 비벼 먹는다는데?"

"그러면 나중에 고추장 좀 버려야겠네. 뭐든 고추장을 섞으면 먹을 만해지거든."

그녀는 아무래도 한입밖에 먹지 못한 그걸 차마 못 먹겠는지 휴지통에 버리려고 했다.

"젊은이."

"응?"

익숙한 한국말에 두 사람이 고개를 돌리자 거기에는 한 초로의 노파가 서 있었다.

"네? 왜 그러세요?"

한국도 아니고 독일 공항에서 한국인 할머니를 만나게 될 줄은 몰랐기 때문에 손채림은 무슨 일인가 하고 되물었다.

그런데 그 할머니의 대답은 노형진과 손채림 두 사람을 다 당혹스럽게 만들기에 충분했다.

"그거 버릴 건가?"

"어떤 거? 아, 이 햄버거요?"

"그래."

그 할머니의 시선이 자신의 햄버거에 쏠려 있자 손채림은 어리둥절했다.

도대체 왜 이 맛대가리 없는 햄버거에 관심을 보이는 걸까?

"어, 그럴까 하는데요."

"그러면 그거 나 주면 안 될까?"

"네?"

어리둥절한 두 사람.

새것도 아니고 먹던 것을 달라니?

"아니 저기, 그렇게 맛있는 건 아니에요. 제가 먹던 거고……."

"상관없다면 주면 고맙겠는데."

쭈뼛거리는 할머니를 보던 손채림은 당황해서 노형진을 바라보았다.

이런 일은 전혀 예상하지 못했기 때문이다.

노형진도 이런 일은 처음이기에 그녀에게 다가갔다.

"저기, 할머니, 이건 먹던 거예요. 이런 걸 드시는 건 좋지 않아요."

"아니야. 난 그거면 충분해."

할머니의 말에 노형진은 당혹하여 주변을 둘러봤다.

'아무래도 치매가 좀 있으신 것 같은데…….'

그렇지 않다면 이럴 이유가 없기 때문에 노형진은 혹시나 가족이 있을까 하고 찾아본 것이다.

주변에 간간이 한국인으로 보이는 사람들이 있기는 했지만 이 할머니의 가족으로 보이는 사람은 없었다.

결국 노형진은 어쩔 수 없다는 듯 어깨를 으쓱하면서 할머니에게 다가갔다.

"이거 드시고 싶으시면 다른 거 사 드릴게요. 뭐 드시고 싶은 거 있으세요?"

"아니야. 난 이거면 충분해."

"하지만……."

"그냥 그거 주면 안 될까?"

노형진은 어쩔 수 없다는 듯 손채림을 바라보았다.

손채림은 어리둥절한 표정이 되었지만 할머니의 시선이 너무 간절했기 때문에 어쩔 수 없이 한입 먹은 햄버거를 그녀에게 건넸다.

"여기요. 맛없는데……."

"고마우이. 고마워."

햄버거를 손에 꼭 쥐고 멀어지는 할머니를 보면서 손채림은 자신도 모르게 중얼거렸다.

"내가 음식을 버리려고 해서 벌받은 건가?"

"그러게."

"와, 양심에 미친 듯이 찔린다. 다음부터 음식 남기지 말아야겠다."

"흠……."

노형진은 입맛을 쩝쩝 다셨다.

"일단은 나가자고. 우리도 시간이 없으니까. 왜 우리가 햄버거를 먹어 가면서 움직이는지 잊지는 않았겠지?"

"너만 먹은 거지, 으으으."

손채림은 꼬로록거리는 배를 움켜쥐면서 투덜거렸다.

"뭔 놈의 파티를 나흘씩이나 하냐고."

"유럽은 한국과 다르잖아. 한국처럼 '빨리빨리'가 아니야. 여유가 일상이라고."

"그래도 나흘 내내 파티 하는 건 너무하잖아."

"어쩔 수 없잖아. 사실 다른 거라면 하루면 끝났을 거야. 길어야 이틀이고. 하지만 변호사잖아? 파티도 일단 홍보라고."

"그건 그렇지…… 끄응."

의뢰를 맡길 만한 큰손들에게 초대장을 보내서 파티를 해야 하는데, 그 인원이 한두 명이 아니다 보니 무려 나흘이나 해야 했다.

노형진과 손채림은 한국의 본사를 대표해서 온 것이니 빠질 수 있는 것도 아니었고.

"와인도 너무 먹으면 꽐라가 될 수 있다는 걸 이번에 처음 알았어."

"그러니까 왜 독일어를 할 줄 알고 그래?"

"염장을 질러라, 그냥."

노형진은 영어는 잘하지만 독일어는 잘 모른다.

그에 반해 손채림은 유학까지 갔던 사람이라 독일어를 상당히 잘한다. 그러니 회사에서 대표 겸 통역으로 보내 버린 것이다.

"난 돌아가면 김치찌개에 밥 팍팍 비벼서 먹을 거야. 빵이고 뭐고 다 지겨워."

"그건 나도 동감이다."

파티만 무려 나흘인 데다 다른 일도 해야 했기 때문에 무려 일주일 만에 한국으로 귀환하는 노형진과 손채림.

그들은 반쯤 영혼이 나간 듯한 표정으로 공항 의자에 앉아 있었다.

"아…… 어서 집으로 가고 싶다. 기내식으로 비빔밥 나올까, 비빔밥?"

"한국 국적기 아니잖아. 안 나올걸."

"왜 한국 국적기가 아닌 거야!"

서러운 표정이 되는 손채림.

그녀는 갑자기 자리에서 벌떡 일어났다.

"어디 가?"

"여자가 어디에 가는 건지 묻는 건 예의가 아니야."

노형진은 대답하지 않고 피식 웃었고, 손채림은 총총걸음으로 어디론가 향했다.

노형진은 느긋하게 캐리어를 지키면서 비행기 시간을 확인했다.

그렇게 얼마나 지났을까, 갑자기 뒤에서 누군가 그런 노형진을 툭 쳤다.

"왔냐?"

"어."

"그런데 말이야."

"응? 왜?"

"오면서 이상한 거 봤어."

"이상한 거?"

"지난번의 할머니 있잖아."

"지난번의 할머니? 여기서 뵌 분?"

할머니라고 할 만한 사람은 그분뿐이었기 때문에 노형진은 어리둥절했다.

아니, 그분이 왜 아직도 여기 계신단 말인가? 무려 일주일이나 지났는데.

"뭘 잘못 안 거 아냐? 아니면 다른 할머니랑 착각했거나."

"아니야. 그렇게 충격적인 사건을 겪었는데 내가 얼굴도 못 알아보겠어? 거기에다 옷도 그대로던데."

"옷도?"

무려 일주일 전과 옷도 똑같다니, 말도 안 되는 소리다.

"어디에 계신데?"

"저쪽, 화장실에 가는 쪽에."

"음…… 한번 가 보자."

노형진은 손채림을 앞세워서 그 할머니가 있다는 곳으로 갔다.

그런데 그곳에 갔을 때 그들이 본 것은 충격적인 모습이었다.

"지금 뭐 하시는 거야?"

"어? 어어?"

노형진도 당황해서 '어어.' 하고 소리 낼 만큼 충격적인 장면.

그건 그 할머니가 쓰레기통을 뒤지는 모습이었다.

"아니, 왜 저러셔?"

"치매인가?"

하지만 그 당시에 말하는 걸 보면 치매 같지는 않았다.

그리고 지금 보이는 모습도 그렇다.

같은 옷이기는 하지만 깔끔하다. 그렇다면 빨아서 입고 있다는 건데.

"도대체 왜?"

그녀가 여기 독일에까지 와서 쓰레기통을 뒤지는 이유가 대체 뭐란 말인가?

그때였다.

한쪽 구석에 있는 보안 요원이 할머니에게 다가가서 뭐라고 하기 시작했다.

"어쩌지?"

"어쩌긴. 다급한 것 같으니 일단 끼어들어야지."

보안 요원이 좋은 뜻으로 접근한 건 아닐 테니까.

두 사람은 다급하게 그쪽으로 향했는데 아니나 다를까, 보안 요원은 할머니를 바라보면서 뭐라고 떠들고 있었다.

물론 할머니는 주눅이 잔뜩 들어 있었고.

결국 보안 요원이 속이 터진다는 표정이 되었을 때 손채림이 끼어들었다.

"무슨 일인가요?"

"누구십니까?"

"아, 한국인 관광객입니다. 그런데 이분이 한국인 같은데 상황이 안 좋아 보여서요."

능숙한 독일어로 말하는 손채림을 본 보안 요원은 아까와 다르게 얼굴이 환해졌다.

그의 말을 들으니 지금 상황이 그들이 생각하는 것과는 좀 많이 다르다는 것을 알 수 있었다.

"아, 그러면 제발 이분한테 쓰레기통 좀 뒤지지 말라고 해 주세요. 배고프면 저한테 말하시지……."

"네?"

남자의 말을 들어 보니 한두 번이 아닌 듯한데.

이것이 법이다

"말이 통해야 무슨 대화를 하는데⋯⋯."

"무슨 말이지요?"

"배가 고프신지 자꾸 쓰레기통을 뒤지시는데, 공항에서 배식 카드가 나온다고요. 통역 좀 해 주세요, 제발."

도리어 보안 요원이 읍소하는 처지였다.

상황이 점점 자신들의 생각과 다르게 돌아가자 노형진과 손채림은 서로를 바라보았다.

이건 이해가 가지 않는 상황이었기 때문이다.

"배식 카드요?"

"네."

노형진은 결국 자신이 나서서 질문했다.

다행히 그 독일인 보안 요원은 영어를 능숙하게 하는 사람이었다.

"배식 카드라는 게 뭔가요?"

"공항에서 생존을 위해 나눠 주는 일종의 패키지입니다."

"아, 그건 압니다."

노형진도 뉴스에서 들은 적이 있다.

어떤 이유로 공항에서 나가지 못하게 된 사람들을 위해 공항에서 나눠 주는 식권 같은 게 있다는 소리를.

문제는 그 이야기가 왜 여기서 나오느냐는 것이다.

그걸 받는 대상이라는 것 자체가, 공항에서 나가지도 못하고 장기 체류하고 있다는 뜻인데.

'말이 안 되잖아?'

물론 무슨 사유가 있는지는 모른다.

영화에서처럼 비행기를 타고 오는 사이에 조국이 망했다는 식의 황당한 경우가 있을 수도 있다.

실제로 메르한 카리미라는 이란 사람은 여러 가지 이유로 프랑스 드골공항에서 18년을 살았고, 또 다른 이란인 자라 카밀라는 두 자녀의 망명을 위해 모스크바 공항에서 열 달간 살았다.

심지어 한국에서도 여러 가지 이유로 그렇게 산 사람이 있다.

이 할머니도 그런 경우일 가능성이 충분한 것이다.

"그러면 이 할머니는 어디서 지내는 겁니까?"

"출국 대기실에서 지내시고 있습니다."

"흐음……."

출국 대기실은 여러 가지 이유로 출국을 기다려야 하는 사람들이 잠시 머무는 곳이다.

어지간한 선진국은 그곳에서 숙식을 제공하고 샤워나 빨래 등도 할 수 있기 때문에 생존할 수 있는 환경이기는 하지만…….

'하지만 이유가 없잖아?'

범죄자도 아닌 듯하고, 그렇다고 한국이 무슨 정치적 혼란 상황에 있거나 교전 중인 국가도 아니다.

대한민국이라는 나라가 멀쩡하게 있는데 왜 나가지 못한 단 말인가?

돈이 없어서?

그럴 리 없다. 그런 경우 일단 출국시키고 강제로 압류하는 방법도 있기 때문이다.

그 말은…….

"여권이 없으신가 봐요?"

"네."

"하아."

노형진은 머리가 지끈거리기 시작했다.

한 가지 가능성이 머리를 스치고 지나갔기 때문이다.

그런데 그 가능성이라는 게 진짜 욕이 나오는 상황이다.

"말이 통하지 않으니까 어떻게 할 수가 없어요. 한두 번이야 통역을 불러서 한다지만."

하지만 젊은 사람이 아닌 할머니다 보니 자꾸 잊게 되고, 계속 실수하게 되는 것이다.

거기에다 그녀의 입장에서는 말이 통하지 않는 커다란 덩치의 서양인이 와서 뭐라고 하니 주눅이 들 수밖에 없었고.

그런데 보안 요원은 보안 요원대로 말이 통하지 않으니 돌아 버릴 지경이라 표정이 좋을 수 없었던 것.

"대사관에는 연락해 봤습니까?"

결국 이 상황에서 가장 도움이 되고 믿을 만한 것은 대사관뿐이다.

그러나 순간 보안 요원의 입가에 떠오르는 명백한 비웃음을 보면서 노형진은 창피함에 자신도 모르게 얼굴이 붉어질 수밖에 없었다.

"와, 완전 개새끼 아니야?"

손채림의 분노에 찬 목소리를 들으면서 노형진은 고개를 끄덕거렸다.

"천하의 쌍놈 새끼네."

할머니에게 점심을 대접한 두 사람은 수소문 끝에 찾은 한세영이라는 공항 직원을 통해 이 사건의 전말을 알 수 있었다.

한세영은 독일에 배치된 한국 국적기의 승무원으로, 일부 관광객을 제외하고는 유일하게 한국어를 할 줄 알아 급할 때마다 할머니로부터 도움을 요청받아 할머니와 많이 친한 사이였다.

"저도 도와드리고 싶지만 어떻게 방법이 없어요."

"그렇겠지요."

"한국으로 보내 드릴까 했는데, 그랬다가는 도리어 더 최악의 사태가 벌어지니까."

"끄응……."

"차라리 여기는 불편하더라도 생존은 하실 수 있으니까……."

왠지 자책감이 드는 목소리로 한세영이 말하자 노형진은

그런 그녀를 다독거렸다.

"아닙니다. 충분히 하실 만큼 했습니다. 그리고 틀린 말도 아니구요."

박말례라고 이름이 알려진 할머니는 공항에 버려진 것이었다.

한세영이 애써 기록을 찾아보니, 입국 기록은 아들 내외와 할머니 전부 있는 반면 출국 기록은 아들 내외만 있었다고 한다.

"공항에 버리고 갔다고 하더라고요. 혹시나 도움을 청할까 봐 아예 여권도 같이 훔쳐서 도망간 것 같아요."

"개자식들."

노형진은 절로 욕이 나오는 행태에 이를 박박 갈았다.

"어떻게 그런 일이……."

"어떻게 그런 일이라……."

노형진은 한숨을 푹 쉬었다.

"아마…… 생각보다 많을걸."

"뭐?"

어리둥절한 표정이 되는 손채림.

"그거 말이야, 생각보다 많아. 부모님을 버리는 행위 말이야."

"고려장?"

"애초에 고려장이라는 것 자체가 일본이 만들어 낸, 존재한 적도 없는 일이야."

노형진은 눈을 찌푸렸다.

"일본이 한국인을 매도하고 무식하게 표현하기 위해 없는 사건을 만들어 낸 거야. 그게 고려장이지."

고려 시대에는 부모를 버리기는커녕 제대로 봉양하지 못하면 처벌까지 하도록 되어 있었다.

시대가 지나면서 사람들이 진실을 알게 되기는 했지만 그래도 그 고려장이라는 기분 나쁜 언어는 아직까지 살아 있었다.

"그러니까 엄밀하게 말하면 고려장이 아니라 우바스떼야마라고 해야 하지."

"우바스떼야마? 그건 또 뭔데?"

"실제로 인정된, 일본에서 부모를 버리는 행위."

"뭐? 잠깐만, 그렇다는 건……."

"자기들이 저지르던 죄를 한국에 뒤집어씌운 거지."

노형진은 비웃음을 날리면서 말했다.

"진짜야?"

"그래. 우바스떼야마ぅばすてやま, 실제로 일본어에 존재하는 단어야. 정확한 뜻은 노인을 데려다 두는 곳이라나 뭐라나? 요즘은 퇴직 직전에 가 있는 자리쯤으로 표현되는 모양이던데."

"헐."

인터넷을 찾아본 손채림은 머리를 절레절레 흔들었다.

"그런데 진짜로 이런 사람이 많다고?"

한세영은 씁쓸하게 말했다.

"한…… 이백 명쯤 될 거예요."

"뭐라고요? 이백 명요?"

"네. 제가 본 것만 수십 명이 넘으니까요."

"미친……."

한국에 버리면 어떻게 해서든 찾아올 수도 있고 또 도움을 청할 수도 있다.

하지만 해외에 버리면 찾아가기도 힘들고 도움을 청하기도 막막하다.

"한국으로 못 들어가?"

"여권이 없잖아."

애초에 공항에 도착했을 때 슬쩍 여권을 빼앗고 따로 귀국해 버리면 비행기도 못 탄다.

"한국 대사관은?"

"오전에 공항 직원이 비웃는 거 못 봤냐? 안 봐도 뻔하지."

"끄응…… 그럴 거면 왜 있는 거야?"

"파티 하면서 폼이나 잡으려고 있는 거지, 뭐."

오죽하면 새론의 지점이 점점 확장되고 있겠는가?

해외에서 대사관이 도움을 안 주니까 새론의 지점에 의뢰를 맡기는 경우가 많았던 것이다.

"작년에 필리핀 사건 모르냐?"

"끄응…… 기억난다. 그때 한창 시끄러웠지?"

"그래."

필리핀에서 한국인 여성이 누명을 뒤집어쓰고 체포당했는데, 대사관에 신고하자 대사관은 자기네 소관이 아니라면 새론 지점의 전화번호를 주었다.

상식적으로 말도 안 되는 소리다.

하지만 그들은 당당하게 그 짓거리를 하고 있다.

"그 새끼들은 아예 일할 생각이 없어."

노형진이 분노하자 한세영은 씁쓸한 표정이 되었다.

항공사 직원으로서 세계 각국을 다녔으니 당연히 대사관의 그런 꼴을 한두 번 본 게 아닐 테니까.

"맞아요. 대부분의 한국 대사관은 그런 식인 게 현실이지요."

"아니, 그래도 한국에 돌아갈 정도의 여비는 주잖아요?"

"그래, 여비야 주지."

"그러면 되는 거 아냐?"

"문제는 신원을 확인해야 한다는 거야."

"무슨 말이야?"

"버리는 인간들이 그걸 모르겠어?"

"어?"

"생각해 봐. 돈이 없어서 버리는 거라면 한국에 버리지, 외국에 버리겠어?"

"아……."

그 말은 돈이 있으니까 외국에 버린다는 뜻이니, 그렇다면 어느 정도 학식과 사회적 지휘가 있는 사람일 가능성이 더 높다.

"거기에다 문제는 더 있지."

"어떤 거?"

"과연 공항에만 버릴까?"

"……."

손채림은 아차 했다.

외국에까지 와서 버리려는 사람들이, 과연 공항에만 버릴까?

"차라리 공항에 버리는 건 양반이에요. 최소한의 양심이라도 있는 거죠."

아니나 다를까, 한세영은 한숨을 폭 쉬면서 입을 열었다.

"공항은 어딜 가나 보안 1순위인 곳이고, 대부분의 공항은 노숙하는 사람들에게 숙식을 제공해요. 굶겨 죽일 수는 없으니까."

"그러면?"

"하지만 바깥은 아니라는 거지."

도움을 요청할 한국인을 만나는 것은 쉬운 일이 아니다.

더군다나 대사관에 도움을 요청해도, 그쪽에서 도와주는 경우는 극히 드물다.

"차라리 여기에 있으면 항공사에서 딱하게 여겨서 돌아가는 티켓이라도 주지."

하지만 바깥에 버려지면 그마저도 불가능하다.

"아마 공항 바깥에 버리는 사람들이 이곳에 두고 가는 사람보다 훨씬 많을 거예요."

"미친놈들……."

한세영의 말에 손채림은 절로 욕이 나왔다.

"그나마 여기는 나은 거야."

독일은 치안이 확실한 유럽이다. 한국과 거리가 더 멀기는 하지만 말이다.

"하지만 치안이 좋지 않은 곳에 버린다면, 어떻게 되겠어?"

브라질이나 필리핀 일부 지역, 또는 멕시코같이 치안이 좋지 않은 곳에 버린다면 살아남는 것도 기적에 가까울 것이다.

"설마 그런 목적이겠어?"

노형진은 피식 웃었다.

그 또한 손채림의 말처럼 설마 죽겠느냐는 생각으로 버릴 거라 믿고 싶었다.

하지만 인간의 탐욕은 상상 이상이다.

"너, 노인 병원 사건 기록 봤잖아. 한두 명이디?"

"……."

"그리고 그들은 대부분 돈이 있는 집안 놈들이었어. 그놈들이 방법이 사라졌다고 '아, 이제는 양심적으로 부모님을 잘 봉양하면서 살아야겠다.'라고 하겠어?"

"……."

천성계 노인 병원 사건.

천성계 노인 병원은 노인을 천천히 의학적으로 죽여 주는 일종의 살인 공장이었다.

의사가 사망진단서를 끊어 주면 따로 조사받지 않아도 된다는 점을 노려서, 해당 병원에서는 노인들을 천천히 말려 죽였다.

과다한 투약과 최악의 복지로 말이다.

원래 노인 병원이라는 곳이 죽음을 준비하기 위해 들어가는 곳이다 보니 경찰도, 검찰도, 주변에서도 의심하지 않았다.

그래서 수백 명이 그곳에서 살해당했고, 입원한 사람의 다른 손녀가 이상하다는 의심을 하지 않았다면 아마 적지 않은 돈을 받으면서 계속해서 살인했을 것이다.

'그건 확실하지.'

나라가 뒤집힐 만한 사건이었는데, 회귀 전에는 알려진 게 없었다.

그렇다는 것은 끝까지 알려지지 않았다는 것.

'회귀 전에는 얼마나 죽었을까? 1만? 2만?'

수십 년을 그 짓거리를 했으니 엄청난 수의 살인이 벌어졌을 것이다.

"그런 노인 병원에 맡기는 돈이 적지 않았어. 하지만 우리한테 발각되면서 이제 노인 병원에서는 그런 짓을 못 하게 되었지. 그러면 그들은 무슨 방법을 쓸까?"

"큭……."

나라의 힘이 미치지 않는 곳에서 방법을 찾으려고 할 것이다.

"설사 돌아간다고 해도 그 끝은 비참 그 자체야."

한세영이 박말례를 돌려보내지 않으려고 한 이유가 있다.

이런 경우 어찌어찌 돌아간다고 해도 대부분, 아니 100% 어딘지 모르는 노인 병원에 감금시켜 버리기 때문이다.

여기는 최소한 돌아다닐 자유라도 있지만 거기는 그런 자유조차 없다.

"그게 무슨 소리야?"

"사람들이 생각하는 요양 병원과 다른 곳이 많다는 거지. 물론 천성계처럼 죽여 주는 곳도 있었지만, 어떻게 보면 그보다 더 잔인한 곳도 있어."

노형진은 지인에게 들었던 이야기를 들려줬다.

모 정신병원과 요양 병원이 같이 있었는데, 그 요양 병원은 정신병원과 다를 바가 없다는 이야기.

환자들이 움직이면 관리가 힘들다고 노인들을 천으로 침대에 묶어 두는 건 기본이었고, 똥오줌 많이 싼다고 먹고 마시는 것을 최소한으로 주었으며, 제대로 목욕시키지 않아 건물 전체에 똥 냄새와 지린내가 배어 있을 정도였다.

문제는 그곳에 있는 노인들은 가족들이 거의 찾아오지 않는 사람들이라는 것이다.

애초에 그런 곳에 둘 정도면 가족들이 버린 셈이다.

"죽이지 않는다면서?"

"그러니까 더 잔인한 거지. 죽이지 않으니까."

죽이는 대신에 가두어 두는 것이다.

"하지만 치매 같은 걸로 그런 것일 수도 있잖아?"

"그랬으면 차라리 이해라도 해 주지."

병간호 3년에 효자 효녀 없다는 말이 있다. 그러니 치매로 사람이 아프면 어쩔 수 없다는 것도 안다.

치매로 인해 집안에 비극적인 사건이 벌어지는 것도 숱하게 봤으니 이해할 수 있다.

"하지만 거기는 멀쩡한 노인들을 가두어 두는 곳이야."

"헐, 미친…….."

"한국에는 의외로 그런 곳이 많아."

그리고 정부에서는 그런 곳에 대해 관심을 가지지 않는다.

"어찌 되었건 중요한 건, 그들이 한국으로 돌아간다고 해도 정부에서는 방치할 거고 가족이라는 인간들 역시 그냥 두지는 않을 거라는 거야."

손채림은 약간은 당혹스러운 표정이 되었다.

자신들이 모르는 곳에서 그런 더러운 일이 벌어지고 있을 거라고는 생각하지 못했기 때문이다.

"원래 그래. 현실이 드라마보다 더 막장이라는 말이 그냥 나온 게 아니야."

노형진은 고개를 절레절레 흔들면서 말했다.

드라마는 인간의 상상이 만들어 낸 막장일 뿐이지만 현실은 언제나 그걸 뛰어넘는다.

"상상 그 이상이라는 문구가 참 잘 맞아떨어진다니까."

씁쓸하게 말하는 노형진.

"그러면 박말례 할머니는 못 돌아가는 거야?"

"못 돌아가지는 않지. 가족들에게 돌아가지 못할 뿐."

"설마?"

"손해배상과 부양비를 법적으로 따져서 받아 내야지."

슬픈 일이지만 이런 경우 부모가 할 수 있는 것은 하나뿐이다.

소송해서 부양비를 받아 내는 것.

돌아간다고 해서 저들이 받아 주지는 않을 테니까.

"한국으로 갈 수는 있지만 가족에게는 돌아가지 못한다라……."

"현실이라는 게 그래."

어깨를 으쓱하는 노형진.

한세영은 그걸 알고 있는지 한숨을 푹 쉬었다.

하긴, 외국으로 파견 나와서 근무할 정도라면 다양한 경험을 했을 테니 이런 장면도 많이 봤을 것이다.

"그러면 다른 분들도 도울 수 있으신가요?"

"다른 분들도? 아, 바깥에서 계신 분들요?"

"네."

공항에 버려지는 것보다 바깥에서 버려지는 사람이 더 많은 것이 현실이다.

이것이 법이다

호텔에 버리고 가면 곧 쫓겨나는 게 당연한 수순이니 그대로 길바닥으로 나앉을 수밖에 없다.

"제 동기의 말을 들어 보니까 여기는 그나마 나은 상황이래요."

"나은 상황?"

"동남아 쪽에서는 버려져서 굶어 죽는 노인들이 제법 많은 모양이에요."

"으음……."

노형진은 신음을 냈다.

하긴, 그럴 수밖에 없을 것이다.

말도 통하지 않고, 법적으로 도움을 구할 방법도 없다.

게다가 대사관에서 그런 사람들을 찾아서 도와줄 리도 없으며, 그렇게 나이 먹은 노인들은 대부분 대사관이라는 곳도 잘 모른다.

"운이 좋은 분들은 지역 사람들의 도움을 받기도 하지만……."

"그렇게 운이 좋은 경우는 드물죠."

"그렇지요."

"흠……."

노형진은 고개를 끄덕거렸다.

"일단 전 지역을 다 알아볼 수는 없지만 우리도 알아보는 데까지 알아보지요."

"아! 그래 주실 수 있으세요?"

"새론은 약자들을 버려두지 않습니다."

"그러면 저도 친구들한테 연락해 볼게요."

"그래 주시면 저도 감사하고요."

아무리 새론이 급속하게 성장하고 해외에 지사를 내든가 그게 힘들면 제휴사라도 낸다고 하지만, 결국은 한국을 기반으로 사업을 하는 일개 기업일 뿐이니 모든 국가에 지점을 낼 수는 없다.

'하지만 여행사 직원이라면⋯⋯.'

한국 비행기가 가는 거의 모든 국가에 인맥이 닿아 있을 테니 그 인맥을 동원한다면 사람들을 소개받는 것은 어려운 일이 아닐 것이다.

"그러면 일단 우리는 돌아가서 사태에 대해 알아봐야겠네요."

"저기, 그럼 박말례 할머니는?"

손채림은 걱정스럽게 공항 쪽을 바라보았다.

이들이 공항 바깥에 있는 커피숍에 있었기 때문이다.

"아무래도⋯⋯ 안전을 위해서는 당분간 현 상황을 유지하는 게 최선이겠지요."

한세영은 씁쓸하게 말했다.

"그건 맞는 말이야, 슬픈 일이지만."

일단 먹여 주고 재워 주고 있다.

말이 통하지 않긴 하지만, 그건 바깥에 나간다고 해도 마찬가지.

차라리 여기에는 한세영을 비롯한 한국인 직원들이 있기 때문에 다급하면 그녀들에게 찾아와서 도움을 요청할 수 있다.

그들이 근무하는 창구는 고정되어 있으니까.

"하지만 바깥에 나가면 그마저도 불가능해. 노인분들에게 중요한 건 화려하고 편한 삶이 아닌, 익숙한 삶이야."

6개월 넘게 이곳에서 살고 있는데 무조건 내보낼 수도 없다.

호텔에 보내 준다고 해도, 거기 직원들과 말이 안 통할 게 뻔한데 말이다.

더군다나 통역사가 있는 호텔은 엄청난 고가이기 십상이다.

"그래 주세요."

"일단 우리는 출국하기 전에 대사관에 가 보자고."

"대사관에는 왜?"

"뻔한 거 아냐? 일단 아가리부터 닥치게 해 놔야지."

노형진이 짜증스럽게 말했다.

한세영은 고개를 갸웃했다.

아무리 대사관이 제대로 일을 하지 않는다고 하지만 상당히 싫어하는 듯 보였기 때문이다.

"무슨 일이 있었어요?"

"아…… 그런 일이 있었어요."

손채림은 노형진이 왜 저러는지 알기에 씁쓸하게 말했다.

"필리핀에서 사고가 좀 있었거든요."

"사고요?"

"네."

필리핀 경찰은 부패로 이름이 높다.

그래서 뇌물을 요구하는 경우가 많은데, 만일 안 주면 다
짜고짜 체포해 가서 가방에다가 마약을 넣고 마약 사범으로
집어넣는 경우가 많다.

"아! 그건 알고 있어요."

"그걸 우리가 해결한 적이 있었거든요."

물론 그런 사건이 한두 번이 아니라, 필리핀에 만들어 둔
새론의 지부에서 해결했었다.

그 당시 새론 지부는 그 사건을 해결하기 위해 대사관을
찾아갔는데, 대사관은 타국의 법률 심판에 끼어드는 것은 내
정간섭이라면서 도움을 거절했던 것.

"그런데요?"

"그게 이슈가 되면서 문제가 커진 거죠."

그런데 그 피해자가 하필이면 한국의 유명 연예인의 부모
였다.

그로 인해 이슈가 되고, 이슈가 된 사건을 새론이 해결해
서 그 부모들을 꺼내 오자 상황이 뒤집혔다.

제대로 대응하지 못한 대사관에 화살이 날아갔던 것.

"그랬더니 대사관에서 자기들한테 도움을 요청한 적도 없
다고 주장하면서 우리를 명예훼손으로 고발했어요."

"허얼? 진짜요?"

"애석하게도 그랬네요."

그 소리를 들은 노형진이 제대로 뚜껑이 열려서 제대로 대응하려고 하자, 또 욕먹고 거기에다 질 것 같으니까 슬며시 소송을 취하했다.

"이런 적이 한두 번이 아니니까요."

노형진도 한심스럽다는 듯 한숨을 쉬며 말했다.

"대부분 비슷하지요."

사람들이 다급하게 도움을 요청할 때는 모른 척하고, 일이 커지면 도움 요청이 없었다고 거짓말을 한다.

다른 사건과 다른 점은, 새론은 진실을 까발리는 방법을 알고 힘도 있는 반면 개개인은 그렇지 않다는 것이다.

"어찌 되었건 한번 안 가면 나중에 100% 뒤통수를 칠 겁니다."

그렇게 그냥 둘 수는 없었기에 노형진은 일단 대사관으로 향할 생각이었다.

운이 좋다면 도움을 받을 수 있을 거라는 생각도 있었다.

'뭐, 그 정도 운이라면, 들어가면 로또부터 사야지.'

물론 그 가능성이 낮다는 점이 문제지만.

⚖

"그건 저희 대사관에서 끼어들 일이 아닌 것 같은데요."

아니나 다를까, 대사관 직원은 귀찮다는 듯 말했다.

"무슨 말이지요?"

"그렇지 않습니까? 이건 개개인의 재산 싸움이지 나라에서 해야 하는 일은 아니잖습니까?"

"재산 싸움요?"

"네. 남의 재산 싸움에 대사관이 끼어들 이유는 없지요."

한심스러운 표정으로 말하는 이의 직급은 참사관이었다.

참사관은 대사관의 실무 행정직 외교관이다. 따라서 그의 신분은 절대 낮은 게 아니다.

그런데 그런 그가 마치 별거 아닌 것처럼 말하고 있는 것이다.

"이건 재산 싸움이 아니라 한국인이 외국에서 위기에 처한 상황이라니까요."

"먹여 주고 재워 준다면서요? 그러면 충분한 거죠."

"도움이 필요한 겁니다. 한국으로 들여보내야지요."

"그러니까 왜 우리가 그래야 하느냐 말입니다. 집안의 재산 싸움에 소중한 국민의 예산을 낭비할 수는 없지요."

그러자 그 말을 들은 손채림의 입에서 절로 비아냥거림이 흘러나왔다.

"그 소중한 국민의 예산으로 매일같이 대사관에서 파티 하는 건 되는 건가 봐요?"

"그거야 외교적 업무죠."

"자국민 보호는 외교적 업무가 아닌가요?"

"그건 비상시에나 그런 거고, 이건 척 봐도 당사자끼리의 재산 싸움인데 우리가 왜 끼어듭니까?"

"아니, 하다못해 신원 확인은 해 줄 수 있잖아요?"

"이미 해 줬잖습니까?"

"그러면 한국으로 돌아가게 해 줬어야지요!"

"그건 자비로 해야지, 왜 우리가 세금으로 보내냐고요."

손채림은 발끈해서 더 언성을 높였다.

"지금 공항에서 얻어먹고 사시는 분에게 돈이 어디에 있어요!"

"그거야 내 알 바 아니지요."

"당신 진짜……!"

화를 내려는 손채림을 노형진은 손을 들어 가로막으면서 일단 진정시켰다.

그리고 참사관을 보면서 나지막하게 말했다.

"분명히 위급한 상황에 체류 비용이나 항공 비용을 지원해 주는 시스템이 있을 텐데요."

사람들이 잘 모르는 사항이다.

정확하게는 정부에서 국민들에게 알려 주지 않는 사항이다.

"있기야 있지요."

해외에서 긴급 상황이 닥쳤을 때 대사관에 요청하면 긴급 자금을 지원해 준다.

한국에서 응급실에 갔는데 돈이 없을 때 정부에서 보증해 주는 것과 마찬가지로 말이다.

"하지만 그건 변제해야 하는 거잖아요."

"그렇지요."

"하지만 그 사람은 돈이 없다면서요? 변제 능력도 없는 사람한테 줄 수는 없죠. 그리고 그건 본인이 와서 직접 신청해야 하는 겁니다. 그런데 저희는 그런 신청을 받은 적이 없습니다."

"그분 나이는 아십니까? 대사관이 어디에 있는지도 모르는데 그런 규정을 아시겠어요? 공항에서 연락이 왔을 때 도와드릴 수도 있었잖습니까?"

"규정은 규정입니다. 본인이 와서 신청하지 않으면 저희도 방법이 없습니다."

어깨를 으쓱하는 참사관의 말에 노형진은 눈을 찌푸렸다. 그리고 자리에서 일어났다.

"알겠습니다. 그러면 이건 우리가 알아서 하죠."

"그러세요."

그리고 노형진이 눈짓하자 손채림도 발걸음을 옮겼다.

그런 그들의 뒤에서 참사관의 투덜거리는 소리가 들려왔다.

"별 거지 같은 새끼들이 귀찮게 하고 있어."

손채림이 분노에 찬 표정으로 고개를 휙 돌렸다.

분명히 자신들이 멀어지지도 않았는데 저런 소리를 중얼거렸다. 그것도 제법 큰 소리로.

이것이 법이다

그건 들으라고 말했다는 뜻이다.

"채림아."

노형진은 그런 그녀를 말렸다.

당장이라도 사고 칠까 봐 걱정되었던 것이다.

"알아, 안다고. 내가 한두 번 해 보나."

노형진의 말에 손채림은 짜증스럽게 말했다.

그러자 그걸 보면서 참사관은 히죽 웃었다.

너희들이 뭘 어쩌겠냐 하는 표정이었다.

"딱 한 번만, 응? 딱, 이번 한 번만."

눈짓을 하면서 노형진에게 간절하게 부탁한 손채림.

노형진은 한숨을 푹 쉬었다.

"그래라. 뭐, 어차피 이러려고 한 거니까."

물론 이렇게 빠르게 쓰게 될 거라고는 생각하지 못했지만.

"네가 기분 푸는 데 쓰면 그것도 나쁜 건 아니고."

무서운 표정으로 참사관을 노려보는 노형진.

그러자 손채림은 아예 몸을 돌려서 참사관을 바라보았다.

"나, 차에 시동 걸어 둔다."

"오호, 너도?"

"하려면 제대로 해야지."

"그래그래."

노형진은 차량에 시동을 걸어 둔다면서 먼저 나갔고, 손채림은 그 자리에 서서 한참 동안 참사관을 바라보았다.

그리고 한 통의 문자가 도착했다. 차가 준비되어 있으니
나오라는.

　그걸 본 손채림은 미소를 지었다.

　"뭐야?"

　그 모습에 꺼림칙한 표정이 되는 참사관.

　그런 참사관을 보면서 손채림은 품 안에서 뭔가를 슬쩍 꺼
내 들었다.

　그게 뭔지 알아본 참사관의 얼굴이 새파랗게 질렸다.

　"허억."

　"서프라이즈!"

　놀라운 정도가 아니다. 아주 뒤집힐 일이다.

　손채림이 안에서 꺼낸 것은 다름 아닌 녹음기였다.

　그와 나눈 모든 대화가 다 녹음되어 있는 녹음기.

　불행히도(?) 그는 귀찮아서 일을 안 할지언정 어떤 게 문
제가 되는지도 모를 정도로 바보는 아니다.

　"자…… 잠깐만요! 잠시만요, 아가씨!"

　참사관은 당혹해서 쫓아 나오려고 허둥거렸다.

　그러나 손채림은 그런 그에게 크게 양손을 들어서 가운뎃
손가락을 세워 주었다.

　"퍽 큐 먹어! 두 번 먹어!"

　그리고 전속력으로 건물 바깥으로 튀어 나갔다.

　"아가씨!"

절규에 가까운 목소리.

그러나 이미 차에 시동을 걸어 둔 노형진이 입구에서 기다리고 있었고, 손채림이 타자마자 차는 무서운 속도로 대사관에서 튀어 나갔다.

"아가씨!"

울려 퍼지는 절규를 뒤로한 채 노형진의 차는 대사관에서 멀어져 갔다.

인간이 아닌 것들

띠리링, 띠리링.

끊임없이 울리는 핸드폰을 힐끗 바라본 노형진은 그걸 들어서 차단으로 돌려 버렸다.

"발등에 불이 났네."

"그러라고 그런 거 아냐?"

"그렇기는 하지, 호호호."

손채림은 속이 시원하다는 듯 말했다.

녹음기를 쳐다보고 일그러지던 참사관의 표정이 생각난 것이다.

"네가 그걸 봤어야 하는데."

"뭐, 나중에 보겠지, 후후후."

참사관은 어떻게 해서든 사과하고 사건을 무마하려고 계속 연락을 시도하는 중이었다.

물론 노형진과 손채림이 그런 그의 무마 시도를 받아들여 줄 만큼 착한 사람들은 아니었지만.

"성격도 참 나빠요."

"네가 먼저 하자고 한 거다."

"그렇기는 하지만, 킥킥."

사실 녹음기를 보여 주면서 공포에 떨게 만든 건 손채림이지만 그걸 유지시킨 것은 노형진이었다.

"진짜 번개같이 떴다."

"어차피 할 게 없잖아."

독일에 있으면 어떻게 해서든 접촉하려고 할 것이다.

사실 대사관에서 찾으려고 한다면 그들을 찾는 건 어려운 게 아니다.

그래서 그걸 알고 있는 노형진은 바로 호텔로 가서 짐을 싸 들고 나와 한국으로 가는 가장 빠른 비행기를 잡아타고 귀국해 버렸다.

어차피 자신들이 거기서 할 수 있는 것도 없으니까.

"거기에 있어 봐. 일을 하는 게 아니라 매일같이 찾아와서 읍소를 할걸."

"그렇겠지?"

"그러니까."

당연히 다급하게 찾던 대사관에서는 그들이 한국으로 돌아간 걸 알았을 테니 이제 수습할 수 있는 길이 없다는 생각에 똥줄이 타고 있을 것이다.

"과연 대사가 알고 있을까?"

"아직은 모를걸. 설사 안다고 해도 어쩔 건데? 애초에 기대도 하면 안 되는 거 알잖아?"

"그건 그렇지."

윗물이 맑으면 아랫물도 맑다는 말이 그냥 생긴 게 아니다.

위에 있는 대사가 제대로 된 인간이면 참사관이 막나가고 싶어도 그럴 수가 없다. 눈치가 보이니까.

하지만 그렇지 않으니까, 그렇게 해도 문제가 되지 않는 걸 아니까 참사관이 막나가는 것이다.

"이걸 기자들한테 줄까, 말까?"

"일단은 나중에 줘야지."

"나중에?"

"일 터트린 다음에."

"거봐, 네가 더 잔인하다니까."

"그래야 일할 거 아냐."

지금 터트려 봐야 적당히 욕먹고 적당히 무마되어 흐지부지, 달라질 건 없을 것이다.

"너도 알다시피 공무원들은 욕 한번 제대로 먹어야 일하잖아."

"그거야 그렇지. 다만 그게 얼마 가지 않으니까 문제인 거지만."

"그렇기는 하지. 하지만 그게 어디야? 우리가 전 세계를 대상으로 다 조사할 수는 없잖아."

"맞아."

"그러니까 그때 이용해야지."

"역시 잔인해."

만일 그렇게 되면 이 참사관의 인생은 끝난 것이나 다름없다.

지금 터트리면 적당히 징계로 끝나겠지만 그때는 100% 해직이다.

"뭐, 자기 인생 걸고 일하기 싫다고 주장하는데 원하는 대로 해 줘야지."

노형진은 히죽 웃었다.

때마침 문이 열리면서 고문학이 안으로 들어왔다.

"좋은 일이 있으신가요?"

"아뇨, 그냥 웃긴 일이 생각나서요. 그나저나 어쩐 일로?"

"아, 전에 부탁한 일을 조사해 왔습니다."

"아! 그래서 어디에 살던가요?"

노형진은 한국에 오자마자 박말례에 대한 조사를 맡겼다.

다행히 한세영이 박말례에 대한 정보를 줘서 그녀와 그녀의 가족에 대한 정보를 얻는 것은 어려운 일이 아니었다.

하지만 그 결과는 살짝 당황스러웠다.

"박말례 씨 가족이 한국에 없어요."

"뭐요?"

"캐나다에 살고 있어요."

"캐나다?"

노형진은 당혹했다.

캐나다라니? 이게 무슨 말도 안 되는 소리란 말인가?

"캐나다로 이민 갔습니다, 다섯 달 전에."

"다섯 달 전이라고 하면……?"

"버려진 날짜는 정확히 모르겠지만, 다섯 달 전이라고 했으니 한 달 이내죠."

그렇다면 애초에 이민을 준비하고 있었다는 소리가 된다.

"버리려고 작정한 거야?"

"보아하니 그런 것 같은데."

"그러면 어떻게 하지? 신고해?"

"일단은 다른 것 좀 알아보고. 박말례 씨 재산은요?"

"일단…… 집이 한 채 있었고 땅이 조금 있었습니다, 시가로 따지면 대략 6억 4천 정도 되는."

"그게 목적이었군."

안 봐도 뻔하다.

부모를 타지에 버리고 재산은 대리인 자격으로 팔아 버린 후에 해외로 튄 것이다.

"급매로 팔았겠군요."

"네, 5억 2천에 팔았더군요."

"금방 팔렸겠군."

시세보다 무려 1억 2천이나 싸니 당연히 금방 팔렸을 것이다.

"이거 곤란한데."

"응? 곤란하다니? 못 이기는 거야?"

"아니…… 못 이기는 건 아닌데 이런 경우는 시간이 제법 걸려."

일단 한국으로 모시고 오는 것부터가 일이다.

비행기야 많으니 돌아오는 것 자체는 어렵지 않으나 가족들이 전 재산을 가지고 도망갔으니 생활과 숙식을 해결할 방법이 없다.

기간이 한정되어 있다면 모르겠지만 가족들과 함께 살 수는 없는 상황이니 안정된 곳을 정해야 하는데, 문제는 그걸 노형진이 마련해 줄 수 없다는 것이다.

'한 명 정도야 뭐 어떻게 된다고 하지만…….'

문제는 소송은 지금부터라는 것이다.

전 세계에서 조사하기 시작하면 더 많은 피해자들이 나올 텐데, 그들을 죄다 노형진이 먹여 살려 줄 수는 없다.

"할 수 없지."

노형진은 자리를 털고 일어났다.

"이럴 때 쓰라고 유 회장님이 있는 거지."

"엉?"

마치 유민택과 대룡을 도구처럼 말하는 노형진의 태도에

손채림과 고문학은 기겁했다.

"아니, 이 일이랑 유 회장님이랑 무슨 관계가 있다고요?"

"원래 이런 일은 힘 있는 사람이 나서야 해결되는 법이거든요."

"하지만 그렇다고 해서 대룡이 나서 줄까요? 돈이 안 되는데."

"안 되면 되게 해야지."

일단 한국으로 들어올 사람들의 숫자를 대충 계산하면서 노형진은 가볍게 말했다.

"싫다고 하면 내가 하는 것도 방법이고."

"그 정도로 자신이 있어?"

"뭐, 돈이 안 되어서 망할 일은 없을 거야."

다만 번거로울 뿐이지.

하지만 개인이 하면 번거롭겠지만 기업이 하면 업무일 뿐이다.

"일단 난 여기서 사건 전반을 처리할 테니까 채림이 넌 독일로 다시 돌아가서 박말례 할머니를 모시고 들어와."

"응."

"그리고 고 팀장님은 나이가 예순 이상인 사람들 중에서 비입국자를 찾아보실 수 있을까요?"

"음…… 항공사나 공항 쪽은 안 될 것 같고…… 출입국 사무소를 알아봐야겠는데요. 돈이 좀 들 겁니다. 아직 그쪽에는 라인이 없어서."

"뭐, 상관없습니다. 어차피 한번 만들어 두면 좋으니까요."

"알겠습니다."

"빨리빨리 진행하죠, 해외에서 고생하는 노인분들을 계속 그리 놔둘 수는 없으니."

노형진은 이때까지만 해도 이번 사건이 얼마나 나라를 뒤흔들게 될지 꿈에도 예상하지 못했다.

⚖

"몇 명요?"

노형진은 깜짝 놀라서 물었다.

이건 생각보다 많았던 것이다.

"동남아 쪽에 사오백 명 정도 있고, 독일에는 열 명 정도 있답니다. 러시아에도 열일곱 명 정도 있다고 하고, 일본에도 쉰 명 정도. 전부 합하면 현재까지 칠팔백 명 선이라고 생각됩니다. 한국인들이 잘 가는 주요 국가만 찾아본 결과니까 더 나올 수도 있습니다만."

"이런 미친……."

기껏해야 백 명 정도일 거라 생각했다. 그런데 의외로 버려진 노인들이 많았다.

"그나마 근 10년 안에서만 추적한 겁니다."

"10년요?"

"네. 그 이상은 살아 있지 않을 가능성이 낮으니까요."

"끄응……."

노형진은 머리를 부여잡았다.

이건 생각보다 큰일이다.

"주요 국가만 팔백 명이라……. 그렇다면 몇백 명쯤 더 늘어날 수도 있겠네요."

"왜 그렇게 생각하십니까?"

노형진의 말에 고문학은 고개를 갸웃했다.

"만일 노인을 버리려고 한다면 어디에 버리는 게 좋을까요?"

"아……."

가능하면 도움을 청할 수 없는 곳, 즉 가능하면 한국인이 없는 곳에 버리는 게 유리하다.

그래야 다시 찾아올 수가 없으니까.

물론 그런 곳에 가기가 쉽지 않으니 동남아 쪽에 많이 버리기는 하지만, 다른 나라에 없을 가능성은 없다는 것.

못해도 1천 명. 어쩌면 그 이상.

"추적은 어떻게 한 겁니까? 나이를 가지고?"

"네. 일정 나이 이상, 출국하고 난 후 입국하지 않은 사람을 추적한 겁니다. 이민을 가거나 한 경우는 배제했고요."

일정 연령 이상의 사람이 출국은 했는데 입국을 하지 않은 기록만 가지고 따진 것이다.

그러니 살아 있는지는 확실하게 알 수가 없다.

노형진은 한참을 생각하다가 조심스럽게 입을 열었다.

아무래도 일이 커지는 것을 피할 수가 없겠지만 이 보고가 사실이라면 커지더라도 할 수밖에 없다는 생각이 문득 든 것이다.

"그러면 그걸 25년으로 늘릴 수 있을까요?"

"네? 무려 25년요?"

"네."

"아니, 왜요?"

"유기 치사상죄라는 게 있지요."

"아……."

고문학은 아차 하는 생각이 들었다.

그가 법에 대해 알지는 못하지만 이 경우는 그에 해당될 가능성이 높다. 아니, 해당될 수밖에 없다.

"유기죄는 형법 271조에 명시되어 있습니다. 그리고 이 경우는 가족, 그것도 직계존속을 버린 거니 10년 이하 징역이지요."

"처벌이 약하지는 않군요."

물론 벌금이 있기는 하지만 그건 죄에 따라서 그런 것이다.

국내에서 생존이 가능한 환경에 버리는 경우, 그러니까 양로원에 버리거나 하는 건 그나마 벌금으로 끝낼 수 있지만 해외에 버리는 건 절대 벌금으로 끝나지 않는다.

"공식적으로는요."

"공식적으로는?"

"경찰이 제대로 잡을 수가 없으니까요."

해외에다 버렸으니 경찰이 수사도 못 한다. 그게 그들이 노리는 거고.

"그리고 만일 사망할 정도로 위험한 상황에 처하게 했다면 무조건 2년 이상의 징역입니다."

10년 이하 징역과 2년 이상의 징역 중 무서운 게 뭐냐고 하면 보통 사람들은 10년 이하 징역이라고 생각하는데, 전혀 아니다.

10년 이하 징역은 2년을 넘어가는 처벌이 나오는 경우가 드물다. 그에 반해 2년 이상의 징역은 최대 30년까지 가능하다.

그러니 처벌로서의 무게감만 따지믄 당연히 2년 이상의 징역이 더 무거운 것이다.

"그리고 유기 치사상, 그러니까 다치거나 사망하게 한 경우에는 275조 2항입니다. 상해는 징역 3년 이상, 만일 사망했다면 5년 이상의 징역이지요."

"허억!"

고문학의 눈이 은은하게 떨렸다.

그 말이 사실이라면, 지금 노형진이 하는 일이 제대로 진행될 경우 수천 명이 살인으로 처벌받는다는 소리다.

"최소 2천 이상, 최악의 경우 만 단위가 넘을 겁니다."

"네? 어째서요?"

"이건 부부가 합심하지 않고서야 벌어질 수가 없는 일이니까요."

"끄응……."

고문학은 신음을 냈다.

"거기에다가 부모가 사라졌는데 다른 형제들이 찾아볼 생각도 하지 않는다는 게 이해가 가십니까?"

"형제들도 가담했을 가능성이 높겠군요."

"네."

물론 실종 신고 같은 게 되어 있을 수도 있지만.

'그렇지 않다면…….'

결국 형제나 자매까지 모두 관련되어 있다는 뜻이 된다.

그리고 재수 없으면 손자, 손녀까지 관련되어 있을지도 모른다.

"대한민국이 발칵 뒤집힐 겁니다."

"그렇겠지요. 1년에 살인자가 1천 명 이상 생긴 적이 있던가요?"

"없지요."

한국에서 매년 살인 사건이 대략 사백 건 정도가 일어난다.

엄청나게 많은 숫자 같지만 전 세계의 통계를 보면 상당히 적은 숫자다.

"하지만……."

만일 여기에 조사가 들어간다면. 그리고 피해자가 확실하게 사망했다면 아내와 남편 모두 유기 치사로 체포될 것이다.

최악의 경우 그들뿐만 아니라 형제 역시.

"교도소가 대폭발할 겁니다."

"은폐된 사건이 터질 때마다 그렇지요. 천성계 병원 사건 때 처벌받은 가족들의 숫자가 몇 명이었지요?"

"그 당시에 처벌받은 수가 서른 명 정도일 겁니다."

천성계 병원은 외적으로는 '병원'이라는 시스템을 갖추고 있었기에 설령 자식들이 부모를 죽이기 위해 입원시켰다 하더라도 살인에 직접 관련됐다는 증거가 없었다.

그렇다 보니 미처 지우지 못한 증거 때문에 잡힌 극히 일부를 제외하고는, 사실상 환자의 가족들 중에서 처벌받은 사람이 없었다.

"하지만 이번만큼은 아니지요."

자신들이 직접 부모를 데려다 버렸고 그 기록이 남아 있으니 최소한 유기죄, 최악의 경우 유기 치사죄에 해당된다.

그것도 수천 명이.

"이거, 아무래도 모두와 이야기 좀 해 봐야겠군요."

"몇 명?"

"최악의 경우, 1만 명 이상의 살인 관련자가 나올 겁니다."

"자네, 미쳤나?"

"미쳤다고 보기에는 너무 현실적인 가능성이지요."

"염병할."

송정한은 그답지 않게 욕을 했다.

그만큼 이번 사건이 충격으로 다가와서였다.

"기가 막히는군. 여기, 원래 이런가요?"

가장 나중에 합류한 김성식 변호사는 노형진의 말을 듣고는 절레절레 머리를 흔들었다.

"뭐 하나 큰 거 끝나면 '이제 더 큰 건 없겠지.'라고 생각하는데 늘 그보다 더 큰 게 나오는군요. 그것도 줄줄이. 나라라도 망할 판국입니다."

"그만큼 은폐된 범죄가 많다는 거지요."

"후우, 그러니까요."

김성식은 한심스럽다는 듯 말했다.

그리고 속으로 울분을 삼켰다.

'어떻게 된 게…… 어째서 검찰이 모르는 범죄가 계속 나오는 거지? 아니, 당연한 건가?'

들어오는 사건만 처리하는 경찰과 검찰 그리고 다른 법조인들과 다르게 새론의 모토는 기획 소송, 그러니까 스스로 사건을 찾아서 해결하자는 것이다.

당연히 사건이 눈에 띌 수밖에 없다.

물론 이런 터무니없이 큰 사건은 극히 드물기는 하지만.

이것이법이다

"김 변호사님이 봤을 때, 어떻게 생각하십니까?"

"제가 봐서는……."

김성식은 침을 꿀꺽 삼켰다.

검찰로서의 경험이 많은 그는 노형진이 말한 사건의 가능성을 열심히 계산했다. 그리고…….

"충분히 가능한 일입니다. 1만 단위의 살인마가 불가능한 것은 아니에요."

"그 정도인가?"

"네, 송 대표님."

단순 계산으로도 매년 백 명 정도의 노인이 해외에 버려진다는 이야기가 있다.

문제는 그게 공식 통계라는 것.

"그리고 언제나 그러하듯 비공식 통계는 공식 통계보다 많은 법이지요. 실제로 공식 통계만 해도 살인 공소시효인 25년을 기준으로 따지면 2,500명입니다."

이때는 아직 살인의 공소시효가 있는 시점이다. 그러니 그 최대 한도인 25년을 기준으로 삼는 것이다.

"그러면 양측 부부를 기준으로 삼는다면 5천 명입니다. 형제와 자매가 있다면 그들만으로도 1만은 넘을 겁니다."

"그들만으로도?"

"해외에다가 버리는 인간만 있는 게 아니니까요."

"그렇군. 전수조사가 들어가겠군."

한 번에 살인자가 수천 명이 생겼는데 여론이 멀쩡할 리 없으니, 정부는 당연히 이런 유기에 대한 전수조사를 하게 될 것이다.

"아마 국내에서 버린 사람이 더 많을 겁니다."

"애매하군."

그나마 국내에서는 최소한의 생존은 될 수 있으니까 처벌의 대상이 될지 안 될지 알 수는 없지만, 중요한 건 어찌 되었건 그들도 조사 대상이 될 거라는 거다.

"심각하군."

재수 없으면 1년 만에 살인자만 1만 명 이상이 나올 수 있는 상황.

"이걸 안 할 수는 없겠군."

"그렇지요?"

"안 하면 내가 죽어서 지옥에 갈 걸세."

수천수만의 살인범들이 당당하게 세상을 활보하고 다니는 꼴이 아닌가?

그걸 그냥 둔다면 법률가로서 최소한의 양심을 버리는 꼴이 될 것이다.

"일단은 계획대로 유 회장님의 도움을 얻어 볼 생각입니다."

"살아남은 사람들을 한국으로 들여올 생각인가?"

"네."

그나마 안전한 곳에 있는 사람들은 괜찮지만 그렇지 못한 사람들은 언제 죽어도 이상할 게 없다.

돈도 없는 채로 버려졌으니 굶어 죽을 수도 있고, 병에 걸렸을 수도 있으며, 최악의 경우 살해되었을 수도 있다.

"이번에는 쓸 수 있는 카드는 다 써야 할 것 같네요."

노형진은 침울하게 말했다.

"돈 벌 거리가 있다고 하더니 자네는 꼭 골치 아픈 것만 가지고 오는구먼."

유민택은 살짝 짜증스럽게 말했다.

"그래서 안 하실 건가요? 돈을 벌 수 있는 기회인데요?"

"안 한다고는 안 했네. 다만 돈 좀 편하게 벌어 보고 싶을 뿐."

"편하게 돈 벌게 되실 겁니다. 이제 대한민국이 초고령화 사회로 들어가는 거 아시죠?"

"알지."

"그러면 이런 사건들이 점점 많아질 겁니다."

"무서운 소리를 하는군."

유민택은 부르르 떨었다.

노형진이 해 준 말은 진짜로 충격적이었다.

그런데 그게 앞으로 더욱 늘어날 거라니.

문제는 그 예언(?)을 부정할 수 없다는 것이다.

유민택이 보기에도 이런 사건은 늘어나면 늘어났지, 줄어들지는 않을 테니까.

"결국 그런 사람들이 한국에 들어와서 살아야 하니 양로원을 만들자는 건가? 아니, 요즘은 실버타운이라고 하던가?"

"네."

"확실히 돈이 되기는 하지. 장기적으로 보면 말이야."

유민택은 진지한 표정으로 말했다.

"한국은 초고령화사회에 들어갔고 조만간 대부분의 사람들이 은퇴할 거야. 뭐, 이런 말 하기는 그렇지만, 요즘 애들은 부모님 모시고 사는 거 싫어하잖아?"

"그렇지요."

"흠…… 자네 앞이니 나도 솔직히 말하지. 우리에게도 그런 계획은 있어. 하지만 수익 모델이 애매하더군."

결국은 돈이다.

모든 것이 돈으로 시작해서 돈으로 끝나는 게 현대사회고, 대룡이 아무리 좋은 일을 한다고 해도 결국 돈을 벌어야 하는 대기업이다.

남 좋은 일을 하려고 손해를 볼 수는 없다.

"실제로 몇몇 대기업들이 실버타운을 운영하지. 알고 있나?"

"듣기는 했습니다."

"그래. 하지만 그런 사람들이 가는 곳은 사는 세계가 다르지. 자네도 이야기하러 왔다면 조사했을 것 같은데, 수원에 있는 그, 뭐더라?"

"어딘지 알 것 같군요."

한국 최초의 실버타운이라 불리는 곳이 수원 근처에 있다.

그런데 그곳은 엄청나게 고가이고 또 화려한 곳인지라 돈이 없으면 접근도 못 한다.

입주 조건이, 현금으로 5억 보증금이라고 할 정도니까.

"돈이 되는 사람들은 그곳으로 가네. 가난한 사람들을 대상으로 해 봐야 장사가 되는 건 아닐 테고. 우리는 자선사업을 하는 게 아니니까."

"그렇지요."

"거기에다가 경쟁이 치열해서 말이지."

자신들뿐만 아니라 대기업들도 미래에 대해 진지하게 고민한다.

한국이 빠르게 늙어 가는 걸 모르는 바가 아니니 그에 따른 수익 모델을 만들어 내려고 한다.

"부자들이 아닌 일반인을 대상으로 실버타운을 만들면 수익 모델이 영 안 나오거든. 돈이 안 돼."

노형진이 피식 웃었다.

"전에 똑같은 말을 하신 적이 있지요."

"똑같은 말?"

"가출 청소년을 위한 기숙학교를 만들 때요."

"아……."

유민택은 아차 싶었다.

그때와 사실 비슷한 상황이다. 그런데 그때 일을 잊고 있었던 것.

"그것도 그렇군."

가출 청소년들을 구제하고 노동력을 확보하기 위해 대룡과 새론은 기숙학교를 만들었다.

집에서 가혹 행위를 당하는 청소년들을 받아들여서 숙식을 제공하며 교육시키는 계획은 처음에는 돈이 많이 들긴 했다.

하지만 지금에 와서는 새론에 막대한 이익을 남겨 주고 있다.

"우리가 전혀 생각하지 못한 방식이었으니까."

보통은 노동력이 직장을 찾아간다고 생각하는데, 대룡은 반대로 행동했다. 직장이 노동력을 찾아가는 것이다.

현대에는 도로망이 잘 깔려 있다. 그래서 한곳에서 만든 제품을 원하는 곳으로 유통하는 데 문제가 별로 없다.

노형진은 그 점에 착안해 한 지역에 기숙학교를 만들고 그곳으로 공장을 옮겼다.

"그 덕에 그 지역이 많이 살아났지."

"거의 대룡에 예속되었다면서요?"

"당연한 거 아닌가? 돈 벌 곳은 그곳뿐이고 젊은 사람들도 거기 소속인데. 실보다 득이 많았지. 완전히 잊고 있었구먼."

처음에는 반대가 심했다.

'가출 청소년=비행 청소년'이라는 생각 때문이었다.

하지만 한 지역에 젊은이들이 많아지고 그들이 졸업해서 일하는 곳도 생기고 나자 상황이 돌변했다.

이것이 법이다

그곳에서 졸업한 아이들이 거기서 만난 사람과 결혼해서 아이를 낳고 그대로 정착한 것.

그렇게 젊은이들이 일하기 시작하자 해당 지역에는 돈이 돌기 시작했다.

그리고 그 돈을 벌기 위해 가게가 생기면서, 그 지역의 경기가 살아나는 선순환이 이루어졌다.

당연히 해당 지역 대부분이 대룡이라는 기업에 기대 움직이기 시작했고, 해당 지역에서 대룡은 무서울 정도로 쑥쑥 커졌다.

"그때와 비슷하군. 하지만 그때와 지금은 또 다르지 않나. 이런 말 하면, 그렇지만 아이들에게는 미래가 있지만 노인들에게는 미래가 없네."

아이들은 성장해서 일하면서 돈을 벌고 기업을 위해 활동할 수 있지만, 노인들은 나이를 먹을수록 약해지고 생산 활동이 불가능해진다.

당연히 돈이 나올 수 있는 사람들이 아니다.

"물론 나도 그런 노인들을 안타깝게 생각하네. 하지만 현실은 현실이야. 우리가 가난한 노인들을 다 먹여 살릴 수는 없네."

노형진은 피식 웃었다. 이미 예상했으니까.

"외국에 노인을 버리는 인간들이 돈이 없을까요?"

"응?"

"생각해 보세요. 독일에까지 가서 부모를 버리고 오는 인간들입니다. 그런 인간들이 돈이 없을까요?"

"그게 무슨 말인가?"

"제가 아까 전형적이라고 했지요?"

"그렇지."

부모의 재산을 빼돌리기 위해 해외에 버리고 한국에서 재산을 처분하는 행위. 그건 전형적인 방식이다.

그건 노형진이 이미 이야기한 것이다.

"전형적이라는 것은 그만큼 많이 쓰인다는 소리입니다."

노형진의 눈이 빛났다.

"아까 그 노인의 재산이 얼마라고 했지?"

"6억 4천요."

"호오?"

적지 않은 재산이다.

물론 다른 대기업들이 운영하는 실버타운에 들어가는 재산가들보다 적기는 하지만

"하지만 그만큼 우리는 단가를 낮출 수가 있지요."

"땅값과 인건비가 낮아질 테니까."

"맞습니다."

대기업들이 운영하는 곳들은 대부분 경기도권 내에 자리 잡고 있다.

돈이 있는 만큼, 그들이 서울권에서 멀어지는 걸 바라지

않기 때문이다.

"하지만 이분들은 아니지요."

생존의 문제이고 문화시설을 그다지 중요시하지 않는 것이 이분 나이대의 현실이다.

"거기에다가 기숙학교 지역에 같이 만든다면, 그곳에서 일하는 아이들이 바로 일자리를 구할 수 있지요."

"그렇겠지."

졸업생은 늘어나는데 공장의 일자리에는 한계가 있다.

"우리가 부모를 보호하면서 부양 의무자들에게 강제로 채권 회수를 한다 이거군. 흠……."

유민택은 머릿속으로 계속 계산기를 두들겼다.

노형진의 말에 어느 정도 설득되기는 했지만 변수가 너무 많았다.

'일단 그 사건 같은 타입이라면 충분히 수익을 낼 수 있다. 원래 재산에 더불어서 손해배상. 거기에 생활비 청구 소송까지 하겠지. 치매 노인이라면 법정대리인을 선임해서 치료비와 보조인 월급도 받아 낼 수 있을 테고, 병원을 따로 세워서 출장 치료하는 형태로 하면 수익은 더 늘겠지. 그 정도면 충분히 수익성이 있어.'

몇 번 일을 했기 때문에 유민택은 노형진의 스타일을 안다.

상대방이 악인이라면 재기 불능으로 만들어 버린다.

그 말은, 상대방의 재산 대부분을 털어 온다는 뜻이다.

'가능성이 있어.'

매년 백 명 정도가 해외에 버려진다고 한다.

그들을 다 흡수하고 한 사람당 2억 정도만 받아도 200억이다.

백 명 정도 살 수 있는 곳을 만든다고 하면 예상되는 돈은 50억 정도.

'지방에 실버타운을 만들고 기숙학교 출신 노동력을 최대한 활용하고. 집은 조립식 콘크리트 방식으로 올리면 단가를 최대 50%까지 낮출 수 있다. 디자인이 문제인데, 비슷하게 생기면 노인들이 헷갈릴 테니 집마다 색을 다르게 해서 노인들이 집을 찾기 쉽게 하는 게 좋겠군. 병원이야 어차피 실버타운 말고도 시골 지역에는 노인들이 많으니 수익이 가능하겠어. 뭐, 큰 병으로 어쩔 수 없이 우리 계열 병원으로 온다고 하면…… 대략…….'

"좋은 방법이군."

"제가 언제 실망시켜 드린 적이 있었나요? 후후후."

"하지만 말이야."

"네?"

"자네가 간과한 게 있네. 노인들을 어떻게 데리고 올 건데?"

"비행기는 저희가 끊어 드릴 겁니다."

"내가 말하는 건 한국으로 오는 게 아니야. 우리한테 오는 걸 말하는 걸세. 그렇지 않나? 노인들이 한국에 온다고 해서 우리한테 오라는 법은 없지 않나? 우리 말고도 실버타운 사업자는 많아."

규모야 어찌 되었건 실버타운 사업자는 많다.

유민택이 생각한 것을 다른 사람이라고 생각하지 못하리라는 법은 없다.

"그들이 한꺼번에 달려든다면 우리로서는 시작도 못 하고 피만 보는 셈일세."

"압니다. 하지만 그분들은 대롱으로 올 수밖에 없을 겁니다."

"어떻게?"

"현실이 될 테니까요."

유민택은 그런 노형진을 물끄러미 바라보았다.

자세한 이야기는 하지 않지만 그가 이렇게 자신 있게 말한다는 것은 계획이 있다는 뜻이다.

그것도 철저한 계획이.

"좋아, 자네를 믿지. 바로 준비하겠네."

"서두르시는 게 좋을 겁니다. 나라가 뒤집힐 테니까요."

"그리고 위기는 기회인 법이지."

유민택의 눈이 차갑게 빛났다.

⚖

노형진은 유민택 말고도 도움을 요청할 사람이 또 있었다.

'분명히 정부에서는 은폐하려고 할 것이다.'

노형진의 생각은 그랬다.

그럴 수밖에 없는 게, 묵과할 수 없는 큰 문제 그 자체가 정부에 타격을 입히는 경우도 적지 않기 때문이다.

'특히나 이번 경우는 더욱더.'

이러한 사건은 필연적으로 정부, 정확하게는 외교부에 부담이 되지 않을 수가 없다.

특히나 노형진이 가진 녹음 파일을 공개하면, 아마 법이 허락한다면 외교부 직원들 중 상당수는 산 채로 매장될지도 모를 정도로 까일 것이다.

'정부에서 사건을 무마하는 건 흔한 일이니까.'

아무리 사회적으로 문제가 된다고 해도 그게 현 정부, 아니 정권에 부담이 되면 슬쩍 묻어 버리는 것이 현실이다.

그러니 그걸 막기 위해서는 그에 대적할 만한 사람이 필요했다.

그리고 노형진은 그런 사람을 한 명 알고 있었다.

"음……."

유찬성 의원은 녹음된 음성을 듣고는 침음성을 흘렸다.

"이거 진짜로 흘릴 건가?"

"네."

"외교부가 발칵 뒤집힐 걸세."

"그렇다고 이런 쓰레기가 계속 자리를 지키게 둘 수는 없지요."

"최악의 경우 이 참사관이라는 사람이 자살할지도 모르는데?"

노형진의 입가에 피식, 비웃음이 떠올랐다.

"죽고 싶으면 죽으라고 해야지요."

"잔인한 소리군."

"남이 저지른 일 때문에 자신이 죽는다면 억울하겠지요. 하지만 이건 남이 저지른 일이 아니지 않습니까?"

분명히 자신이 저지른 일이다.

명백하게 해외 국민들에게 도움을 주라고 파견된 것이 대사관 직원인데, 자신이 귀찮다고 도움을 거절했다.

"그리고 그래야 내부가 정리되지요."

"틀린 말은 아니군."

"그리고 전에 말씀드리지 않았나요? 범죄자들이 구석에 몰리면 하는 말이 나 자살한다는 협박이라고."

범죄자 따위 자살하든 말든, 노형진은 신경도 쓰지 않았다.

하물며 그가 계속 남아서 누군가에게 계속 피해를 줄 수 있는 사람이라면 차라리 자살하는 게 더 나을 거라고 노형진은 생각했다.

생명은 귀중하지만 남의 생명을 걸레짝으로 아는 인간의 생명은 똑같이 걸레짝으로 대해 줘야 형평성이 맞을 테니까.

"1만이라⋯⋯. 당장 눈앞에 있는 문제가 한두 개가 아니군."

"일단은 교도소가 문제겠지요."

"그렇지."

사실 현재 대한민국의 대다수 교도소는 포화 상태다. 여유가 그다지 많지 않다.

그런 상황에서 1만 명이 넘는 살인범이 생기면 무슨 일이 벌어질까?

"그리고 그것 때문에 살인이 아니라 존속 유기로 처벌받을 가능성도 높지요. 솔직히 그 부분 때문에 유 의원님을 찾아온 겁니다. 저 혼자서 그 사건을 어떻게 할 수는 없으니까요. 일단 형사니까 제가 어떻게 할 수 있는 것도 없고."

"하긴…… 법원이 그렇게 판단할 가능성이 높지, 자리가 없다고 하니……."

만일 해외에서 노인이 죽었다면 존속 유기 치사가 가능하다고 볼 수 있다.

문제는 이 노인이 왜 죽었는지 알 수가 없다는 것이다.

거기서 병에 걸려서 죽었거나 사고를 당했거나 강도를 당했다면 명백하게 유기 치사가 된다.

그런 경우 처벌은 5년 이상의 징역.

"하지만 반대로, 그가 이후에 자리 잡고 잘 살다가 수명이 다해서 죽었다면 단순 유기가 됩니다."

"그러면 10년 이하 징역, 1,500만 원 이하의 벌금이겠군."

"네."

"교도소에 자리가 없으니 징역으로 가지는 않을 테고."

"벌금 1,500만 원이 끝이겠지요. 그것도 최대한 말이지요."

그러면 상황이 웃기게 된다.

전 재산을 빼돌리고 부모를 외국에 버린 후 결국 죽게까지 만들었는데 고작 벌금 1,500만 원만 내고 끝나는 것이다.

부모가 죽었으니 그 재산을 다시 달라고 할 수는 없을 테고 말이다.

"그들에게 1,500만 원의 가치는 얼마나 될까요?"

"글쎄…… 높지는 않겠지."

사람마다 다르겠지만 어떤 사람은 하룻밤 술값만큼도 안 될 수도 있다.

"거기에다가 그들은 한두 명이 아닙니다. 더불어 상당한 돈을 가지고 있다고 예상하고 있으니……."

"뇌물과 로비가 판을 치겠군."

"네."

"그걸 막기 위해 내가 필요하다는 거군."

"여론을 몰아야 하니까요."

누군가 나서서 여론을 몰아 그들이 강력한 처벌을 받을 수 있도록 해야 한다.

그와 동시에 처벌을 막기 위해 벌이는 그들의 로비를 힘으로 찍어 눌러서 막아야 한다.

"힘으로 찍어 누른다……."

"이런 짓거리를 하는 놈들이 권력에까지 접근한 아주 큰

부자일 가능성은 낮으니까요."

"그걸 내 힘으로 충분히 누를 수 있다고 생각하는 모양이군."

"네."

권력가라면 이런 짓거리를 할 수가 없다.

사람들의 감시를 받고 있어서, 까딱 잘못하면 모든 게 날아가기 때문이다.

"이런 짓을 하는 놈들은 뻔하죠."

돈은 있지만 양심은 없고, 부모를 쓰레기처럼 여기며 귀찮은 대상으로만 인식하는 놈들.

그런 놈들이 권력을 가지고 있어 봐야 얼마나 가지고 있겠는가?

"유 회장님도 이번 일을 도와주기로 하셨습니다."

"유 회장?"

"대룡의 유민택 회장님요. 아, 그러고 보니 같은 유씨군요. 혹시?"

유찬성은 고개를 흔들었다.

"같은 유씨이기는 하지만 파가 다르다네."

"어떻게 아십니까?"

"정치판에서 인맥이 얼마나 중요한데."

피식 웃으면서 말하는 유찬성.

'하긴.'

유민택과 친해질 수 있다면 엄청난 이득을 얻을 수 있을 것이다.

그리고 한국에서 중요 인맥 중 하나가 바로 가문 아닌가?

"아쉽지만 전혀 몰라."

"이번 기회에 알아 두시는 것도 나쁘지 않겠네요."

"그것도 좋겠군. 그 사람은 뭘 어떻게 한다는 건가?"

"일단 들어가는 비용을 지원한답니다. 그리고 장기적으로
숙소를 마련하고."

"물론 그걸로 돈을 벌고?"

"네. 그런데 그걸 어떻게?"

"기업이 달리 기업이겠나? 특수한 경우가 아니면 이익은
포기해도 손해는 절대 안 보는 게 기업일세. 뭐, 지금은 상당
히 특수한 경우에 해당되기는 하겠구먼."

고개를 끄덕거리는 노형진.

"사람들에게 바른 기업 이미지를 어필할 기회이기도 하구요."

"그건 나도 마찬가지겠군."

"네."

유찬성은 고개를 끄덕거렸다.

"정치인으로서 이런 기회를 거절한다면 바보 같은 일이겠
지. 그러면 내가 어떻게 하면 되나?"

"일단은……."

노형진은 그에게 자신이 짠 작전을 천천히 이야기하기 시
작했다.

사전 준비란 이런 것

"일단 한국으로 피해자들을 데리고 오는 것이 가장 중요해. 피해자는 얼마나 모았어?"

노형진은 화상 통화로 손채림과 대화 중이었다.

일단 희생자들을 모아야 뭐든 할 수 있을 테니까.

―현재까지는 대략 열세 명이야.

"그래?"

―다른 사람들을 동원해서 찾고 있는데, 더 있을 것 같아.

"그렇겠지."

독일을 비롯해서 유럽에서는 버려진 노인들을 찾고 있었다.

손채림은 유럽을 돌아다니면서 주변에 도움을 요청하고 있었는데, 각 지역에 있는 공항에서만 벌써 열세 명이나 찾았다는 것.

―어이없다니까. 도대체 이 인간들, 무슨 생각을 하는 거야?

처음에는 '설마.'라고 생각했는데, 찾아보기 시작하니 생각보다 많은 노인들이 있었던 것.

"어쩔 수 없어. 대부분의 사람들은 생활 반경이 한정되니까."

출국 대기실은 일반적인 사람들과 구분된 공간에 있다.

그러니 출국 대기실에 있는 사람들을 다른 관광객이나 현지인이 만날 일은 없다. 그러니 볼 수가 없을 수밖에.

하지만 작정하고 찾기 시작하자 그들이 보이기 시작한 것이다.

"한세영 씨에게도 연락이 왔어. 메일로 한국 노인분들이 있는 공항을 알려 줬다고 하니까 확인해 보고 그분들을 찾아봐."

―알았어. 그럴게.

"다른 특이 상황은 없어?"

–아직은. 하지만 몇몇 분들은 상태가 좋지 않은데.

"안 좋다고?"

–그래. 누가 봐도 병에 걸리신 분도 있고, 치매이신 분도 있고.

노형진은 절로 표정이 찡그러졌다.

'하긴, 그놈들이 양심이 있는 놈들이 아니니.'

그나마 멀쩡하면 모를까, 치매 상태라면 가족들을 찾는 게 더 불가능에 가까울 테니.

'모시기 귀찮다 이거군.'

노형진은 입맛을 쩝쩝 다셨다.

치매가 사람의 피를 말리는 병인 것은 사실이다.

하지만 그렇다고 해서 병자를 해외에 버려도 된다고 허용되는 건 결코 아니다.

"다른 사람을 고용할 수 있겠어?"

–다른 사람? 다른 사람은 왜? 새론 지부가 있는 곳은 가능하겠지만 없는 곳은 따로 알아봐야 할 텐데.

"아니, 지금 치매 이야기가 나와서 생각해 보니까, 공항에서 치매 환자를 관리할 수는 없잖아."

─애!

치매 환자들은 사람이 붙어 있어도 힘든 게 현실이다.
그런데 그런 환자들이 증세가 심해지면 공항에서 아무리 돌봐 주고 싶어도 돌봐 줄 수가 없다.

─정신병원 같은 곳으로 가겠구나.

"그렇지."
그렇게 되면 공항에서도 어쩔 수 없이 그들을 다른 곳으로 쫓아 보내야 하는데, 내보내면 굶어 죽을 게 뻔하니 결국 답은 정해져 있다.
정신병원이나 행려병자가 입원하는 곳으로 갈 것이다.
"정신병원이나 행려병자 병원 같은 곳도 뒤져야 하고 한인촌도 뒤져야 하고 무연고자 관련 사항들도 알아봐야 하고…….
너만으로는 아무래도 감당이 되지 않을 것 같은데."

─그렇겠네.

화면 너머에서 손채림은 손가락을 접어 가면서 자신이 해야 하는 일을 세어 보다가 한숨을 푹 쉬면서 말했다.

　설사 새론의 지점들이 도와준다고 해도 절대로 쉬운 일은 아니었다.

　"거기에다 기간이 25년이야. 사망 기록도 추적해야 할 거야."

　─대형 일거리구나.

　"아마 지금까지 했던 사건들 중에서도 일거리 자체만으로는 제일 많을걸."

　─하긴.

　다른 건 표적이 정확하지만 이건 그런 것도 아니다.

　거기에다 수천 명에서 1만 명에 달하는 살인자가 나올 수 있을 정도로 초대형 사건이다.

　─알았어. 사람을 구해 볼게. 아마 사람을 구하는 건 어려운 일이 아닐 거야.

　손채림은 고개를 끄덕거렸다.

　"가능하면 한국인으로 구해. 노인분들이 다 영어를 잘하시는 건 아닐 테니까."

—그렇게 할게. 일단 난 바쁘니까 이만 끊는다.

"그래."

화상 통화가 끝나고 나자 노형진은 머리를 북북 긁었다.

그러자 건너편에 있던 김성식이 그런 노형진을 보면서 혀를 끌끌 찼다.

"아무래도 일이 커지나 보지?"

"네. 병원이야 예상했지만 행려병자들은 어떻게 찾아야 하나 고민이네요. 노숙자로 전락하신 분들도 있을 텐데."

"일단은 우리가 가능한 데까지 찾아봐야지. 자네가 가진 그걸 터트리면 정부에서 알아서 하지 않겠나."

"그랬으면 좋겠지만……."

일단 일이 터지면 언제나처럼 호들갑을 떨 테지만, 1년만 지나면 또다시 잠잠해질 건 뻔한 일.

"김 변호사님은 어떠신가요? 준비는요?"

"검찰에 있는 후배들이랑 다 이야기했네. 최대한 유기죄가 아니라 유기 치사나 유기 치상으로 해 보겠다고는 하는데, 쉽지는 않을 것 같다고 하더군."

"정부에서 압력이 내려올 거라는 뜻이군요."

김성식은 고개를 끄덕거렸다.

"상대방이 돈이 많다는 걸 감안하고 가야 하니까. 거기에다가 이게 시작되면, 자네도 알다시피 그것만으로 끝나지 않을 거 아닌가?"

"한국 내부에 대한 단속도 하겠지요."

노형진은 이해가 간다는 듯 말했다.

당연하다. 해외에만 버리라는 법은 없으니까.

사실 한국 내부에 버리는 인간들이 더 많으면 많았지 결코 적지는 않을 것이다.

"그동안 검찰이나 경찰이 이런 사건에 대해 추적한 적이 없지 않나. 인지를 못 하니까."

"그건 그렇겠네요."

경찰이나 검찰은 기본적으로 이런 사건은 추적하지 않는다.

일단 인지라고 해서 사건이 일어났다는 걸 알아야 하는데, 그러기 위해서는 누군가 신고해야 한다.

문제는 이 사건에서는 그 신고해야 하는 '누군가'가 거의 대부분 데려다 버리는 가족, 즉 범인이라는 것.

"거기에다 경찰은 대부분 단순 실종은 수사를 하지 않지요."

"그러니까 문제지."

타지에 버리고 시간이 좀 지난 후에 단순 실종으로 신고하는 경우는 흔하게 있다.

그러나 경찰은 단순 실종이나 가출은 수사하지 않는다.

치매 노인이 집을 나가서 길을 잃어버려 돌아오지 않는 건 흔하게 벌어지는 일인 데다 그 노인이 남자라면 더더욱 조사 대상도 아니기 때문이다.

한국 경찰은 남자에 대한 실종 신고가 접수되면 무조건 가출로 접수하니까.

"만일 이게 제대로 수사되면 어떻게 되겠나?"

"1만? 아니, 2만 이상이 되겠군요. 시간이 지나서 더 이상 추적할 수 없는 사건은 뺀다 해도 말이지요."

"그러니까."

해외에 버린 사건만으로 최소 1만이다. 그런데 국내에 버린 사건까지 포함하면 얼마나 더 많은 사람이 유기 치사죄로 체포될까?

"교도소 한두 개 더 지어야 하지 않을까?"

어깨를 으쓱하는 김성식.

"터무니없군요."

"제대로 된 사법행정이 지원되지 않다가 한 번에 터지면 그런 거지. 안 그런가?"

"그건 그렇지요."

노형진은 한숨이 나왔다.

'이게 참……'

나라에 도둑이 많으면 그 도둑을 모조리 잡아서 처벌해야 하는 것이 나라의 법이다.

그런데 한국은 그게 아니다.

나라에 도둑이 많긴 하지만 그들을 다 처벌하면 전과자가 너무 많아지니 처벌을 최대한 줄인다는 모토로 나간다.

'웃긴 일이지. 법이 왜 법인지도 모르는 녀석들이 정치를 하고 있으니. 하아……'

사람들이 법을 지키는 것은 처벌이 무서워서가 아니다. 구속력은 그 처벌 자체에 있다.

가령 중세 시대에는 소매치기를 하다가 걸리면 사형이었다. 심지어 소매치기를 사형하는 것을 구경하러 온 사람들 사이에서 소매치기를 하다가 잡혀서 같이 사형되는 경우도 있었다.

그렇지만 소매치기는 존재했다.

소매치기를 잡을 수 있는 확률이 극히 낮았기 때문이다.

하지면 지금은 아니다.

충분히 잡고 적당한 처벌을 내리면 막을 수 있는데, 잡을 생각을 하지 않는다.

그러니 범죄가 퍼질 수밖에 없다.

잡을 생각을 하지 않는데 누가 범죄를 마다하겠는가?

"실제로 그런 사건은 많지."

"어떤 사건요?"

"버렸다가 나중에 발견되는 경우 말이야."

"아아, 기억납니다. 그때 관련자가 열두 명이었죠?"

"그래. 자네도 기억하나?"

"그럼요. 얼마나 어이없었던 사건인데요."

어떤 치매 할머니가 우연한 기회에 가족을 찾는 데 성공한 적이 있었다.

그런데 경찰은 가족들의 행동에 의심을 했다.

실종 신고를 했으니 할머니를 찾았다면 반가워해야 하는데, 반응이 영 꺼림칙했던 것.

'그래도 그냥 두기는 했지.'

하지만 그 할머니를 모시고 갔던 경찰은 그게 영 찝찝했는지 한 달쯤 있다가 다시 집에 찾아갔다.

그런데 집에 할머니가 없었다.

더군다나 이번에는 실종 신고조차 되어 있지 않은 상황.

결국 그가 눈치채고 조사하자 새로운 사실이 드러났다.

'이번에는 강원도 쪽에다 버렸던가?'

원래 남부 지방에 버렸다가 발견되자 이번에는 강원도 산골에 데려다 버렸던 것.

최초의 실종도 실종이 아니라 치매에 걸렸다는 이유로 자녀들과 손자, 손녀까지 합심해서 버리고 온 것이었다.

다행히 노인은 찾아서 목숨은 건질 수 있었지만, 그 집안은 모조리 유기죄로 잡혀 와 버렸다.

가족 열두 명이 모두 유기에 동의했던, 충격적인 사건이었다.

"1만 명이 절대 농담이 아니라니까."

씁쓸하게 말하는 김성식.

"일단 증거가 없다면 기본적으로 유기죄만 적용 가능하다는 게 문제야."

"그렇겠지요."

유죄로 확정되기 전까지는 피고인을 무죄하다고 봐야 한다는 무죄 추정의 원칙과 모든 재판이 증거로써 행해져야 한다는 증거재판주의가 문제가 되는 것이다.

"이 경우에는 그 증거가 없다네. 알지?"

"네. 그래서 고민 중입니다. 상대방도 그걸 적극적으로 노릴 테고요."

유기죄는 인정될 수밖에 없다.

일단 같이 출국해 놓고 자기들끼리만 귀국을 했다는 것도 증거이고, 실종 신고도 제대로 하지 않았을 테니까.

"하지만 유기 치사상은 이야기가 좀 다르죠."

명백하게 실형이 선고되는 강력한 범죄인 만큼 법원은 명백한 증거를 요구할 것이다.

"역시 증거가 문제야."

"네."

"노인들의 끝이 좋을 수는 없지만……."

"좋을 수가 없지요."

그들이 해외에 버려진다면 굶어 죽거나 강도를 당하거나 교통사고를 당하거나 하는 것이 통상 벌어질 게 분명한 일들이다.

'거기에 버려졌으나 적응해서 잘 먹고 잘 살았습니다.'라는 이야기는 소설에도 나오지 않을 만큼 허무맹랑한 소리다.

"흠……."

"그래서 말인데, 아무래도 현상금을 걸어야 할 것 같습니다."

"현상금? 무슨 현상금? 설마 자네가 자비로 내걸겠다 이건가?"

"네."

노형진의 말에 김성식은 깜짝 놀랐다.

그게 절대로 작은 돈이 될 수가 없기 때문이다.

한 나라도 아니고 각 나라에 현상금을 걸어야 하는데, 몇백 달러 가지고 사람들이 움직일 리는 없으니 못해도 1만 달러 이상은 걸어야 할 것이다.

"그럴 필요까지야 있나?"

"그러지 않으면 다 풀려날 텐데요?"

"끄응…… 그건 그렇지."

김성식도 이해가 가기는 했다. 후배 검사들과 대화하던 중에도 나온 이야기니까.

증거가 없으면 자신들이 아무리 분노하고 사회적으로 문제가 된다고 해도 결국 나올 수 있는 처벌은 유기죄뿐이다.

그리고 대부분 실형이 아니라 벌금으로 끝날 테고.

"증거라……."

증거를 모은다는 것은 쉽지 않다.

"그래도, 증언 말고도 다른 곳에서 구할 수도 있을지도 모르지요."

"다른 곳?"

"미국 같은 곳은 일단 부검하게 되어 있으니까요."

"하지만 누군지 모르잖아?"

"그러니까요. 하지만 생각해 보면 범위를 많이 줄일 수 있을 겁니다."

"어떻게?"

"한국인들이 가는 곳은 정해져 있으니까요."

진짜로 작심한 경우가 아니라면 결국 그들이 가는 곳은 그 나라의 관광지 정도다.

그곳에서 일정 이상 나이의 동양인 시신을 찾는 것은 그리 어려운 일이 아닐 테니까.

"하긴. 결국 그 주변이라고 하면 뻔하지."

김성식도 인정한다는 듯 고개를 끄덕거렸다.

관광지와 사람들이 사는 주거지는 명백하게 다르다.

관광지로 가서 버리고 오지, 주거지에 가서 버리고 오는 경우는 극히 드물 것이다.

"그리고 주거지는 아무래도 눈에 띄거든요."

어떤 동네에 갑자기 낯선 노인이 방황하는 게 보인다면 그곳에서 거주하는 사람들이 그 노인을 의심스럽게 보기 마련이다.

"하지만 관광지는 아니지요. 매일같이 낯선 사람들이 왔다 갔다 하는 곳이라 사람들이 그다지 관심을 가지지 않으니까요."

그러니 사람을 버리기에는 도리어 사람이 많은 관광지가 더 좋은 선택지가 된다.

"그곳에서 영업하는 사람들의 증언을 들으면 되겠군."

"네."

노형진은 고개를 끄덕거렸다.

"그리고 그게 이번 사건의 카드가 될 겁니다."

"카드라……."

"다만……."

노형진의 표정은 약간 묘하게 변했다.

"그 과정에서 약간의 비리가 있겠지만요."

씁쓸하게 말하는 노형진이었다.

그러나 김성식은 이때 노형진의 말을 이해하지 못했다.

⚖

"유민택입니다."

"유찬성입니다."

두 사람은 서로 악수하면서 반갑게 인사했다.

"서로 모르시나 봐요?"

"왜? 알 거라 생각했나?"

"네. 그래도 4선이나 되는 중진이시고, 한쪽은 회장님이시니까요."

"하하하, 그렇기는 하지만 우리가 직접적으로 나서지 못하는 경우가 대부분이니까."

4선 의원과 거대 그룹의 회장이 만나는 것은 언론의 관심을 끌기 마련이다.

물론 대룡은 대부분의 국회의원들에게 알음알음 정치자금을 지원하고 있으니 전혀 관련이 없다고는 못 하겠지만, 직접적으로 만나는 것은 까딱 잘못하면 문제가 될 수 있기 때문에 조심하는 것이 사실이었다.

"보통은 실무진이 알아서 하는 거지."

"그렇군요."

"정치인들이 흔히 하는 '나는 모릅니다. 보좌관이 한 겁니다.'라는 말은 그냥 하는 말이 아니야."

"압니다."

씁쓸한 말이지만 보좌관이 독박을 쓰는 것이 정치계의 묵계다.

애초에 그렇게 구성되어 있는 것이 정치판이니까.

"그러면 이번에 만나는 건 문제가 되지 않을까요?"

무태식 변호사가 걱정스럽게 말했다.

두 사람 다 대중의 관심을 끌고 다니는 이들이니까.

분명히 주변에 한 명 이상의 기자가 있을 가능성이 높다.

"그렇겠지. 날 따라다니는 국정원 요원도 있을 가능성도 있고."

히죽 웃는 유찬성 의원.

무태식은 깜짝 놀랐다.

"국정원 요원요?"

"내가 누군가? 있어도 이상한 게 아니지."

"그런가요?"

"그래."

지금 현 정권에서 가장 큰 골칫덩어리를 찾으라고 하면 바로 유찬성일 것이다. 그러니 대놓고 따라다닐 것이다.

"아마도 도청하고 있을지도 모르지."

"끄응……."

노형진은 씁쓸한 표정이 되었다.

'얼마 전에 터진 민간인 사찰 사건을 말하는 거군.'

얼마 전에 현 정부에서 민간인을 대대적으로 사찰하다가 발각되었다.

원래는 좀 더 지나서 발각되어야 하는데 역사가 바뀌면서 야권의 힘이 약해지지 않자 좀 더 일찍 제보가 들어갔던 것이다.

당연하게도 그중에는 유민택을 비롯해서 현 정권에 방해되는 사람들이 있었다.

이것이법이다

"기자님들께서 날 친히 따라다니는데 나야 감읍할 따름이지, 후후후."

명백하게 빈정거리는 유찬성 의원.

그리고 그 말에 묘한 표정이 되는 유민택.

'그러고 보니 참으로 이상한 조합이기는 하네.'

현 정권에서 대놓고 적대적으로 대하는 유찬성 의원.

반대로 대룡은 현 정권에서 바른 기업의 표상 같은 이미지로 적극적으로 밀어주고 있다.

서로 정반대의 입장을 가진 사람들이 한자리에서 만나다니.

"문제 될 건 없을 겁니다. 목적은 확실하니까요."

"목적?"

"아니, 외부에 드러나는 것은 확실하다고 해야겠네요."

이들이 오늘 모인 것은 외국에서 벌어지는 노인들에 대한 처우 때문이었다.

"얼마 후면 노인분들이 들어올 겁니다. 유찬성 의원은 공식적으로 유민택 회장님에게 노인분들의 처우에 대한 지원을 요청하고, 유민택 회장님은 그걸 고민하는 거죠."

"그건 알고 있는데."

정치적인 게 아니라 금전적 지원에 대한 것이니 딱히 현 정권에 문제가 될 것은 없다.

설령 있더라도 티를 내지 못한다.

"그런데 왜 굳이 노인분들을 그렇게 처리하는 거야? 사실 그냥 호텔에 숙식을 잡아 줘도 되는 거 아닌가? 실제로 해외에서 그렇게 모은 분들은 숙소를 잡아서 모아 두고 있다면서?"

"그렇지요."

"더군다나 이번에 한국에 들어오는 분들은 연고도 없고."

노형진은 고개를 끄덕거렸다.

새론과 사람들이 총동원해서 찾은 사람들 중에서 그는 굳이 연고도 없거나 찾을 수 없는 사람들만 우선 한국에 입국시키라고 한 것이다.

"거기에다가 숙소가 없어서 임시로 텐트를 치고 살아야 한다니, 그건 좀……."

유찬성도 안타까운 표정이 되어서 말했다.

같이 늙어 가는 처지에 늙어서 그렇게 고생하는 것이 마음에 들지 않았던 것이다.

"압니다. 하지만 선을 위해서는 때로는 희생도 있어야 하지요."

"도대체 무슨 소리인가? 희생이라니. 그분들이 무슨 희생을 한다고? 설마 이슈화를 위해 누군가 죽어야 한다 이건가?"

"그럴 리가요. 저, 그렇게 나쁜 놈 아닙니다."

이기기 위해 뭐든 하는 게 노형진이지만, 그렇다고 해서 적정한 선이라는 것을 모르지는 않는다.

확실히 그들이 한국에 와서 죽는다면 상당히 이슈가 될 테지만 그랬다가는 자신들의 마음도 편하지는 않을 것이다.

"만일 연고가 있고 가족들이 한국에 있는 사람들이 귀국해서 방송을 탄다면 어떻게 될까요?"

"아……."

무태식은 뭔가 알아차린 듯 고개를 끄덕거렸다.

"그들이 모시고 가겠군요."

"네. 제가 우려하는 건 그겁니다. 그들이 모른 척 모시고 가겠지요. 그리고 부모를 버렸다는 걸 인정하지 않을 겁니다."

해외여행을 갔다가 잃어버렸다는 식으로 변명할 게 뻔하다.

"그렇게 되면 우리가 그걸 공격하기가 참 애매해지거든요."

잃어버렸다는데 그걸 '버린 거잖아!'라며 공격하면 도리어 이쪽이 나쁜 사람이 될 가능성이 크다.

목적을 위해 극단적 거짓말을 한다는 느낌이 들 수 있기 때문이다.

"더군다나 그렇게 모조리 모시고 간다면 방송에 나갈 틈도 없을 테니 사람들의 관심을 끌 틈도 없구요."

"그렇군."

실제로 한국에 귀국한 노인들이 없는 것은 아니다.

독일 참사관의 경우 일하기 싫어서 그렇게 발악했지만 모든 대사관이 다 그런 것도 아니고, 또 모든 직원이 그런 것도 아니다.

긴급 지원 규칙에 따라서 항공료를 지원하는 경우도 있었고, 그런 경우 한국에 들어오기는 했다.

'물론 다시 버려졌으니 문제지만.'

어찌 되었건 부모를 버렸던 가족들이 다시 데리고 가는 건 도리어 사건을 은폐하는 길이 될 것이 뻔했다.

"하지만 이분들은 아니죠."

가족들이 어디에 있는지 모른다.

조사에 따르면 해외로 이민을 가거나 주소를 빼 버려서 어디로 갔는지 찾을 수가 없다는 것.

"그러면 흐지부지될 가능성도 낮죠."

이쪽에서 버려졌다고 주장해도 그걸 부정하거나 반박할 사람들이 없다.

그러니 사람들에게는 진실로 받아들여질 것이다.

"헐."

설마 그것까지 생각하고 있을 줄은 몰랐기 때문에 세 사람은 혀를 내둘렀다.

"그것만이 아닙니다."

"그것만이 아니라고?"

"우리나라의 지원 법률은 지랄 같거든요."

"응?"

"간단하게 말하면 이런 거죠. 자식이 있으면 빈민도 없다."

"응? 그게 무슨 소리야?"

유민택과 유찬성은 그게 무슨 뜻인지 알지 못해서 어리둥절한 표정이 되었지만 변호사인 무태식은 씁쓸한 표정이 되었다.

그는 그 의미를 알기 때문이다.

"지원에서 배제된다는 뜻이군요."

"아시네요."

"지원에서 배제된다?"

"네."

"그게 무슨 소리인가?"

유민택은 복지법에 대해 잘 모른다. 그러니 그게 무슨 뜻인지 알 리 없다.

"간단합니다. 대한민국에서 부모 봉양은 모조리 개인의 부담이라는 거죠. 사실 이게 부모를 버리는 가장 큰 이유이기는 한데……."

멀쩡한 부모라면 모를까, 치매에 걸린 부모까지 개인에게 부담을 요구하니 대부분의 사람들이 그 한계에 부딪혀서 허덕거리는 것이다.

물론 이번 같은 경우는 돈 때문에 그런 것이지만.

"좀 쉽게 설명해 주겠나?"

"말 그대로입니다. 쉽고 자시고가 아니지요."

자식이 있으면 부양 책임은 그 자녀에게 있다.

그런데 그걸 감안하는 데 자녀의 부양 의사 여부, 재산 상태나 취업 상태 등은 전혀 고려되지 않는다.

자식이 살아만 있으면 현행법상 그들은 절대로 국가 지원의 대상이 되지 않는다.

"그게 사실인가?"

"네, 사실입니다. 그래서 자살하는 노인분들도 많아요."

"자살?"

"자식에게 부담이 되니까요."

굶어 죽을 지경으로 돈이 없는데도 정부에서는 일절 지원해 주지 않는다.

그러면 사정이 어떻든 자녀가 부모를 부양해야 한다.

"그래서 삶을 포기하게 되는 거죠."

무태식은 한심스럽다는 듯 말했다.

"공무원들이 하루 이틀 그러는 것도 아니니."

"그거야 알겠네만, 이번에 그분들을 들여오는 게 무슨 의미가 있다는 건가?"

"전에 한 말 기억하시나요, 유 회장님께 실버타운을 준비하라고 한 거?"

"기억나네. 그래서 적당한 곳을 준비 중일세. 뭐, 그래 봐야 가건물 수준이지만."

사건이 벌어진 지 얼마 되지도 않았는데 수년간 걸리는 실버타운 설립이 끝날 리 없다.

"그래서 중요한 겁니다. 회장님을 도와드리려고요."

"응?"

"이분들은 연고도 없고 자식도 어디에 있는지 찾을 수가 없습니다. 하지만 명백한 건 자녀들이 아직 살아 있다는 거죠. 그렇다면 정부에서 뭐라고 할까요?"

다들 아차 하는 생각이 들었다.

일단 이슈화되기 전에는 모르지만 정부에서는 자녀가 있음을 이유로 도움을 주는 것을 거부할 수밖에 없다.

현행 규정이 그러니까.

"그 후에 터트리자는 거군."

"네."

노형진이 가지고 있는 녹음 파일, 그걸 터트리면 사람들의 관심을 확 끌어올 수 있다.

"그때 유찬성 의원님이 나서시는 겁니다."

"응? 내가?"

"네. 유 의원님이 나서서 유 회장님에게 딜을 하는 거죠."

"딜?"

"정확하게는 도움을 요청하는 겁니다. 국가를 대신해서 말이지요."

"오! 그러면 내가 그걸 받아들이는 거고?"

"네."

거기까지 말하자 다들 노형진이 노리는 게 뭔지 바로 알아차렸다.

만일 계획대로 된다면 현 정부에서는 이번 사건을 방치한 책임이 있으니 외교부를 털어 낼 수밖에 없다.

그리고 유찬성의 경우는 그들을 대신해 나서서 권리 구제에 앞장섰으니 정치인으로서의 이미지가 좋아질 것이다.

　그리고 유민택은 외부적으로 보면 적자를 감수하고 그들을 받아들이는 형태가 되니까 어마어마한 홍보 효과를 볼 수 있을 것이고.

　"허."

　"자네는 작은 거 하나까지 이용해 먹는군."

　좋은 일이기는 하다.

　그렇지만 너무 상업적으로만 생각하는 거 아닌가 싶어 세 사람은 다소 불편한 얼굴이 되었다.

　"압니다. 제가 좀 나쁜 놈처럼 보이지요."

　노형진도 안다.

　누군가는 착한 일을 하는 것을 감추는 게 선이라고 생각한다. 오른손이 한 것을 왼손이 모르게 하라는 말도 있고.

　"하지만 그건 개인적인 행동일 경우에나 그런 거죠."

　"개인적인 행동이라……."

　"이번 사건이 개인적인 선에서 끝난다면 법이 바뀔까요? 제가 노리는 건 법이 바뀌는 겁니다만."

　"법…… 그렇군."

　현재의 법은 이러한 유기 살인을 처벌하기 애매하게 되어 있다.

　그래서 그들이 부모를 외국에 대놓고 버리고 올 수 있는 것이다.

"법이 바뀌면 앞으로 수천 명이 구제받을 수 있습니다. 그걸 뻔히 알면서도 나를 내세우기 쑥스러워 방치한다면 그건 선한 것 이상으로 악한 걸 방치하는 거죠."

"음……."

"전에 말했다시피 사람들은 중립입니다."

선한 사람이 이득을 얻으면 사람들은 선하게 행동하고, 악한 사람이 이득을 얻으면 사람들은 악하게 행동한다.

"그런데 악은 금방 느낄 수 있지요."

문제는 선이다.

선한 사람들이 대부분 자신의 선을 감추니 선한 사람들은 피해만 보는 것처럼 보인다.

"선을 유도하기 위해서라도 선한 일은 더 홍보해야 합니다."

"복잡하군."

유민택은 나지막하게 중얼거렸다.

복잡하기는 하지만 틀린 말은 아니다.

더군다나 자신은 기업인. 이득을 위해 자신의 감정은 버려야 한다.

"의원님은 어떻게 하실 겁니까?"

"나야 이런 게 있다면 언제든 환영이지."

한때 그저 야당의 투견쯤으로 취급받던 그는 점점 사람들의 지지를 받고 있다. 그러한 지지를 싫어하는 국회의원은 없다.

"그러면 하는 거군요."

무태식은 고개를 끄덕거렸다.

하지만 자신의 의견은 확실하게 전했다.

"하지만 텐트는 무리라고 생각합니다."

"그러면 무 변호사님은 어디가 좋다고 생각하시나요?"

너무 좋은 숙소는 안 된다. 사람들의 관심이 떨어질 테니까.

누가 봐도 불쌍하다고 생각될 이미지가 필요하다.

"여인숙은 어떨까요?"

"네?"

"여인숙?"

"아직도 그게 있었나?"

여인숙이라는 말에 다들 어리둥절했다.

⚖

"허어, 여인숙이 아직도 존재하다니."

여인숙이라는 곳은 아마도 젊은 사람들은 잘 모르는 숙박 형태일 것이다.

여인숙은 현대에 존재하는 가장 최하급의 숙소다.

침대 대신에 이불과 요만 비치되어 있는 공간이고, 심지어 화장실도 공용으로 쓰도록 되어 있다.

당연히 요즘은 그런 곳에서 숙박하려고 하는 사람이 없으

니 대부분 지은 지 수십 년은 되어 보이는 건물에 자리 잡고
있었다.

"이 건물은 도대체……."

"6.25 때 지은 거라고 하더군요."

김포 한구석에 허름하게 자리 잡고 있는 여인숙은 텅 비어
있었다.

하긴, 여기까지 와서 숙박하려고 하는 사람은 없을 테니까.

"이 정도면 사람들이 충분히 불쌍하다고 생각하겠군요."

노형진도 고개를 끄덕거렸다.

심지어 그 건물의 주인도 머리가 희끗한 노인이다.

보아하니 옛날에 하던 곳을 그만두지 않고 계속 운영하고
있는 모양이었다.

"이 정도면 충분하네요. 도대체 이런 곳을 어떻게 아신 겁
니까?"

무태식이 이런 여인숙에 다닐 만한 사람은 아니다. 거기에
다 여기는 무슨 관광지도 아니고 말이다.

"영화에서 봤습니다."

"영화요?"

"네. 뭐, 크게 성공한 영화는 아닙니다만."

하지만 인상 깊게 본 영화여서 이 공간이 생각났다는 것.

적당히 불쌍해 보이고 적당히 바닥처럼 보이는 세계.

'틀린 말은 아니네.'

노형진은 내부를 둘러보면서 생각했다.

뭐랄까, 인생의 바닥으로 떨어질 만큼 떨어져서 더 이상 떨어질 곳이 없는 사람이 사는 공간이라는 느낌?

'현실은 전혀 아니지만.'

분명히 싸구려에 바닥까지 떨어진 것처럼 보이지만 이 지역의 땅값은 절대로 싸지 않다.

아마 저 땅만 팔아도 못해도 15억은 받을 것이다.

'주인이 귀찮으니까 그냥 하는 거군.'

새로 뭔가 올리기도 귀찮고 자식들에게 물려주기도 싫어서 소일거리 삼아 운영하는 그런 곳.

거기에다 위치도 적당하다. 기자들이 찾아오기도 쉽고.

"여기로 하죠."

안 그래도 텐트를 치고 사는 것은 너무 작위적이지 않나 고민하고 있던 노형진은 마음을 굳혔다.

좀 불편하기는 하겠지만 최소한 이곳에서 숙식을 해결한다면 노인분들이 필요 이상으로 고생하지는 않을 것이다.

"그러면 입국을 시키지요."

남은 것은 대한민국을 뒤집는 것뿐.

⚖

"뭘로 터트린다……."

노형진은 턱을 쓸면서 고민했다.

"이제는 그것도 고민하는 거야?"

노인들을 데리고 입국한 손채림은 눈을 찌푸리면서 말했다.

"최대한 자연스럽게 터트리는 게 좋잖아. 너무 작위적이면 기자들이 귀신같이 알아차리거든."

"그래도 이슈가 될 만한 사건이기는 하잖아?"

"그거야 그런데."

사실 제보해도 그만이다.

어차피 유찬성이 나서서 이끌어 주기로 했으니 이슈화되는 것은 시간문제다.

"문제는 이런 걸 왜 유 의원에게 이야기하느냐는 거야. 사실 대부분 정부에 일단 이야기하는 걸 생각하지, 국회의원에게 말하는 건 아니잖아."

"누군가가 정치적인 사건으로 매도할 수도 있다 이거구나."

"그래."

현 정부에 부담이 될 수밖에 없는 사건이다.

그런데 하필이면 그 대척점에 있는 유찬성이라니.

음모론을 좋아하는 사람들이 보면 분명 뭔가 있다고 물어뜯을 것이다. 그게 사실이고.

"그러면 광장에 올리는 건 어때?"

"광장?"

노형진은 그 말에 고개를 갸웃했다.

"사람들이 글을 올리는 공간 있잖아. 얼마 전에 그곳에서 이야기 하나를 봤거든. 그런데 기자들이 득달같이 달려들더라고."

"오호, 그래? 거기가 어딘데?"

"어디긴, 인터넷이지."

광장은 사람들이 이런저런 잡담을 올리는 곳이었다.

그곳에 사람들의 억울한 사건이 제법 많이 올라오는데, 이슈가 되어서 베스트 라인에 올라가면 하루에 수십만 명이 본다는 것.

"호오?"

그런 곳이라면 기자들이 분명히 관심을 가지고 보고 있을 것이다.

방금도 기자가 가서 취재했다고 했으니까.

"그러면 그곳에 올리면 되겠네."

"하지만 '도와주세요.'라고 하면 의미가 있나?"

"없겠지."

도와 달라고 글을 쓰는 사람은 하루에도 몇백 명이다. 그러니 관심을 가지지 않을 것이다.

"그러면 뭐라고 쓰나……."

노형진이 고민하자 손채림이 씩 웃었다.

"그건 내 전문이지, 호호호."

"와…… 이건 뭐……."

인터넷 사이트를 보던 노형진은 혀를 내둘렀다.

손채림이 자신이 알아서 쓰겠다고 해서 믿었는데, 올린 지 채 한 시간도 지나기 전에 이야기가 탑에 올라가 있었다.

"'아버지가 할머니를 굶겨 죽였습니다.'라고?"

이건 누가 봐도 눈이 돌아갈 정도로 화가 날 만한 제목이었다.

내용도 그랬다.

할머니가 돌아가셨다고 해서 그렇게 알고 있었는데, 알고 보니 부모님이 할머니를 해외에 버리고 와서 거기서 굶어 죽었다고 해 놓은 것이다.

"나 거짓말은 안 했다. 이거 실화야. 다만 내가 손녀가 아닐 뿐."

노형진은 눈을 찌푸렸다.

"하긴…… 그렇겠지."

진짜로 있었던 일이다. 그래서 이 일을 하는 거고.

"지역 주민들이 그러더라고."

어떤 노인이 떠도는 걸 보고 불쌍해서 챙겨 줬는데 얼마 후 안 보여서 찾아보니 굶어 죽은 채로 발견되었다는 것.

"아주 이메일 터진다, 터져."

벌써 기자들이 연락을 달라고 메일을 수백 통을 보내왔다.

그리고 몇몇 정치인들 역시 연락을 보내왔다.

"이슈가 된다는 걸 귀신같이 아네."

손채림의 말대로 이슈는 제대로 되었다.

그러니 여기서 자연스럽게 유찬성이 나서면 되는 것이다.

"자, 그러면 세상을 뒤흔들어 보자고."

자식이 아니라 원수

"이번 사태에 대해 저는 충격을 금치 못하겠습니다."

유찬성 의원은 기자회견을 하고 있었다.

"얼마 전 인터넷에서 알려진 사건에 대해 저는 분노를 금치 못했습니다. 자식에게 버려져서 부모가 굶어 죽다니요."

손채림이 올린 글은 하루 만에 삭제되었다.

그러나 이미 볼 사람은 다 봤다.

그리고 자연스럽게 유찬성 의원이 나섰기 때문에, 사람들은 글쓴이가 그에게 접촉했다고 생각할 뿐이었다.

"그 사실은 어떻게 알게 된 거라고 하던가요?"

"그런 분들을 찾아서 도와주는 조직이 있었다고 합니다. 그분들을 통해서 찾아냈다고 하더군요. 그곳에서는 해외에서 버려진 분들을 다시 한국으로 모시고 들어왔지만 지원하는 데 한계가 있어서 이렇게 허름한 여인숙을 지원해 드리는 게 최선이라고 합니다."

유찬성은 사진을 보여 주면서 말했다.

사진을 보면서 사람들은 다 혀를 내둘렀다. 농담이 아니라 당장 무너진다고 해도 믿을 만한 곳이었으니까.

"저는 정말 이 상황을 믿을 수가 없습니다."

"그러면 대사관에서는 이 문제를 어떻게 보고 있던가요?"

"전 그게 더 충격적이라고 생각합니다."

"네? 더 충격적이라니요?"

"해당 단체의 업무를 담당하던 변호사로부터 입수한 녹음 기록을 들어 보시죠."

유찬성은 노형진에게 받은 녹음 기록을 건네줬다.

─그건 저희 대사관에서 끼어들 일이 아닌 것 같은데요.

─무슨 말이지요?

─그렇지 않습니까? 이건 개개인의 재산 싸움이지 나라에서 해야 하는 일은 아니잖습니까?

─재산 싸움요?

─네. 남의 재산 싸움에 대사관이 끼어들 이유는 없지요.

"허?"

한 나라의 대사관 직원이 할 말은 아니다.

"이게 우리나라 대사관 직원이 한 말인가요?"

"네. 그 사람의 개인 신상 역시 넘겨받았습니다."

기자들은 눈을 반짝거렸다.

이 정도의 떡밥은 흔한 게 아니니까.

안 그래도 민간인 사찰 건으로 인해 처지가 곤란해진 정부가 제대로 엿을 먹을 상황이다.

"해당 단체에서 이번 사건 관련 자료를 넘겨받았는데……."

기자회견이 계속되는 무대의 뒤에서 노형진은 그런 유찬성을 바라보다가 뒤로 물러났다.

기자들의 눈을 보면 사람들의 반응을 예상할 수 있다.

그런데 지금 기자들의 표정은 희대의 떡밥을 잡았다는 표정이었다.

그 표정에 흡족해하며 노형진은 무대 뒤에서 기록을 살피고 있는 무태식 변호사와 손채림에게 다가갔다.

"어떻게, 자료는 많은가요?"

"전 세계에서 속속 연락이 오고 있습니다. 사망자들도 찾고 있고요."

"너는 어때?"

"주요 국가 말고도 여기저기서 찾아오고 있어. 도대체 알래스카에 노인을 버리고 가는 새끼는 뭐야?"

손채림은 짜증스럽게 말했다.

노인을 찾아다니면서 전 세계를 돌아다니다 보니, 그래도 선진국에 버리는 놈들은 양반이구나 싶을 지경이었다.

제일 많은 게 동남아고 유럽도 심심찮았다.

중국, 심지어 알래스카에까지 버려진 노인이 있었던 것이다.

"얼어 죽으라는 거지."

더 웃긴 건 그 노인의 짐을 열어 보니 다 얇은 옷밖에 없었던 것.

누가 봐도 진짜로 그곳에서 얼어 죽으라는 소리였다.

"이런 건 대놓고 살인인데?"

"그러니까 우리가 하는 일이 중요한 거야. 여기서 우리가 물러나면 그 녀석들은 그냥 유기죄가 되는 거라고."

명백하게 살인미수지만 현행법상 유기죄로 벌금 1,500만 원만 내면 끝이다.

"그러면 이제는 어떻게 해야 하지요? 자료는 충분한 것 같은데."

"일단은 살아 계신 분들을 도와드려야지요. 돌아가신 분들은 어쩔 수 없지만."

두 사람 사이에 잠깐 침묵이 흘렀다.

물론 이번 사건이 집단 살인이나 마찬가지이기 때문에 중요하기는 하지만, 어찌 되었건 살아 있는 사람이 더 중요하다.

"어떻게? 고작해야 벌금 정도일 텐데?"

살아 있고, 다치지도 않았다. 그러니 유기죄 정도일 것이다.

유기죄가 징역도 가능한 범죄이기는 하지만 한국의 특성상 아마도 벌금으로 끝날 것이다.

실형이 나온다고 해도 집행유예가 나올 가능성도 높고.

"그래서 내가 해외에서 당장 모시고 오지 않은 거야."

"응?"

"해외에서 돌아오지 않은 분들은 자식들이 아직 한국에 있는 거잖아?"

"그렇지."

"그러면 현지에서 소송할 수 있지. 안 그래?"

다들 멍하니 노형진을 바라보았다.

그리고 아차 싶었다.

사건의 관할은 주소지 그리고 사건 발생지, 마지막으로 피해자의 주소지다.

그리고 그중 두 가지가 해외에 있다.

그렇다면 해외에서 소송이 가능하다는 것.

"뭐, 각 나라마다 법이 다르기는 하겠지만 한국처럼 법이 물렁하지는 않을 겁니다."

"음……."

"그렇겠네요."

한국의 법은 물렁한 걸로 유명하다.

더군다나 그마저도 재판부가 이런저런 이유로 최대한 선처하는 버릇이 있어서 제대로 집행되는 경우가 드물다.

"하지만 해외는 아니지요."

어차피 자국민도 아니다. 그러니 물렁할 이유도 없다.

"미국 같은 경우도 처벌이 강할 텐데?"

"미국뿐이겠습니까? 다른 나라도 다 그럴 텐데요."

특히 부모를 많이 버린 동남아의 경우라면 아마도 감옥에 끌려가는 순간 살려 달라고 빌게 될 것이다.

한국의 감옥은 동남아에 비하면 천국이나 마찬가지다.

동남아의 감옥은 감옥이라기보다는 개집에 더 가까우며, 심지어 잘 때도 눕는 게 거의 불가능할 정도라고 하니까.

"뇌물을 줄 수도 있지 않나?"

노형진의 말에 손채림이 걱정스럽게 말했다.

"선진국이야 그렇다 쳐도 가난한 나라에는 뇌물을 더 많이 줄 텐데?"

"그거야 어려운 게 아니지."

"응?"

"뇌물을 줬다면 우리가 더 많은 돈을 주면 되는 거야, 후후후."

"돈을 준다니?"

"나 돈 많아, 후후후."

⚖

베트남 하노이에 있는 법원에서 재판부는 당혹스러운 기색을 숨기지 못했다.

이것이 법이다.

"그러니까 뇌물을 준다고 하면 그 증거를 잡아 달라고요?"

"네."

노형진은 웃으면서 판사들을 바라보았다.

"그들이 뇌물이 주는 증거를 잡아서 처벌해 주십시오. 그러면 그들이 제시한 뇌물의 한 배 반을 더 드리겠습니다."

"아니, 왜요?"

"정의를 위해서라고 해 두지요, 후후후."

가난한 나라는 상대적으로 부정부패가 많을 수밖에 없다.

특히나 자본주의가 들어왔는데 가난한 나라들은 부패가 가속화되는 성향이 강하다.

그럴 수밖에 없는 게, 자본주의 때문에 돈의 맛은 알았는데 정작 그 돈을 벌 만한 마땅한 방법이 없기 때문이다.

'그건 판사들도 마찬가지겠지.'

한국의 판사들도 돈이라면 환장해서 눈을 뒤집고 달려드는데 여기라고 다를까.

아니나 다를까, 노형진의 말에 판사들은 묘한 의심이 서린 눈빛으로 바라보았다.

"우리야 좋은데, 왜 그렇게 하는 겁니까?"

"응징이지요."

"응징?"

"네. 정의가 바로 서는 것을 바라는 겁니다."

"정의라……"

그 말을 별로 믿는 것 같지는 않다.

하지만 판사들은 상관없다는 듯 고개를 흔들었다.

'내 알 바 아니지.'

무려 한 배 반을 준다고 했다.

거기에다 자신들에게 뇌물을 공여하려고 했으니 뇌물죄로 처벌할 수 있다. 그러면 자신들이 깨끗하다는 이미지를 외부에 공표할 수 있다.

중요한 건 이미지이지 진실이 아니니까.

'좀 귀찮지만 확실하게 보내 줄 수 있지.'

노형진은 속으로 씩 웃으면서 말했다.

노형진이 이렇게까지 하는 것은 두 가지 때문이다.

일단 피해자가 여기에 있고 범죄 현장도 여기지만, 가해자가 외국인이기 때문에 사건이 기각될 가능성도 존재한다.

하지만 뇌물을 준다고 하면 하면 저들은 사건을 기각시키지 않을 것이다. 재산을 불릴 수 있는 기회니까.

다른 하나는 바로 처벌의 장소 때문이다.

최대한 형량을 늘려야 각 나라에서도 범죄인인도 요청을 할 수 있기 때문이다.

기왕 고생시킬 거, 확실하게 고생시켜 주는 것이 정답이 아니겠는가?

'범죄인인도 조약은 1년 이상 금고인 자에게 해당된다.'

그리고 유기와 뇌물 수수만으로도 충분히 1년 이상의 금고가 나온다.

그렇게 되면 각 국가는 한국에 인도 조약에 따라서 범죄자를 요구할 수 있게 되는 것이다.

"약속할 수 있는 겁니까?"

"당연하지요. 원하신다면 계약서를 쓰지요."

"아니, 그건 좀 그렇고……."

계약서를 쓴다는 것 자체가 범죄를 기록으로 남긴다는 뜻이기에 다들 꺼림칙한 표정이 되었다.

하지만 그렇다고 해서 노형진이 제시한 거래를 거부한 것은 아니었다.

"그러면, 고발하시면 저희가 정의를 바로 세우도록 하지요."

그들이 동의하자 노형진은 미소를 지으면서 고개를 끄덕거렸다.

물론 동남아야 뇌물이 먹히지만 다른 나라에서까지 다 먹힌다는 것은 아니다.

하지만 그것도 걱정할 필요는 없다.

다른 나라들은 이런 경우 한국처럼 선처하는 게 아니라 강력하게 처벌한다.

특히나 생존이 담보되지 않은 곳에 부모를 버린다는 것은, 한국에서는 그저 유기로 처벌될지 모르지만 일부 선진국에서는 살인미수에 준하게 처벌되는 강력한 범죄행위다.

"여기는 이제 끝난 것 같고……. 유럽 쪽은 무태식 변호사님이 갔고 다른 데는 김 변호사님이랑 송 대표님이 갔으니…….”

자신들이 해야 하는 일을 정리하던 노형진은 마지막으로 확인해야 하는 것을 생각해 내고는 전화기를 들었다.

“바빠?”

ㅡ미친 듯이. 전국을 돌아야 하잖아?

“어쩔 수 없지. 지금 인원을 총동원해야 하는 시점이잖아. 아, 그나저나 우리 이름은 말하지 않았지?”

ㅡ하여간 사람 부려 먹는 데에는 뭐 있어. 당연히 안 했지. 그런데 말하지 말라고 하는 이유가 뭐야?

“후후후, 그런 게 있어. 그나저나 준비는 어떻게 되어 가?”

ㅡ완벽해. 대부분 비슷한 반응을 보이더라고.

“그렇단 말이지?”

ㅡ뭐, 하는 짓거리가 똑같으니 대가리에 든 것도 같은가 봐. 머리는 폼으로 달고 다니나?

“그렇게 생각할 정도면 이런 짓을 안 하지.”

노형진은 손채림의 말에 피식 웃으면서 대꾸했다.

“그러면 다른 곳에 다녀올 테니까 네가 정리해 놔. 가능하지?”

ㅡ일단은.

“잘 정리해 놔. 참 재미있는 일이 될 테니까, 후후후.”

과연 저들이 이 사건을 어떻게 해결할지, 노형진은 참으로 궁금했다.

이것이 법이다

"아니, 이게 무슨 말이야?"

조말호는 자신에게 날아온 베트남 법원의 소환장을 보고 깜짝 놀랐다.

전혀 예상하지 못했던 일이었기 때문이다.

"여보, 이게 무슨 일이에요?"

"그러니까."

"이게 무슨 말이야. 베트남에서 왜?"

자신뿐만이 아니다. 아내와 아들에게까지 소환장이 날아왔다.

조말호는 베트남어를 읽지 못해 통역가를 데려왔는데, 그의 표정이 무척 어두웠다.

"이건…… 음…… 한국어로 표현하자면 유기 치사 미수인데요?"

"뭐? 그게 뭐야?"

"살인을 목적으로 버려진 피해자가 살아남아서 고발했다는 뜻입니다. 이게 무슨 뜻인지 아세요? 고발한 사람이 '성말자'라는 사람인데……."

조말호의 눈이 파르르 떨렸다.

설마 자신이 베트남까지 가서 버리고 온 인간이 아직까지 살아 있을 줄이야.

'그럴 리가.'

베트남에 버린 지 무려 2년이나 지났다. 죽었어도 벌써 죽었어야 한다.

그런데 살아 있다고? 거기에다 자신을 고발까지 했다고?

"뭔가 잘못된 거 아니야?"

"잘못된 게 아닙니다. 대사관에서 정식으로 온 거예요."

통역관은 당혹스러운 표정이 되었다.

지금까지 여러 건의 베트남 통역을 담당해 왔지만 이런 경우는 처음이었기 때문이다.

"혹시 무슨 일인지……."

"알 거 없어!"

뭔가 양심에 찔린 조말호는 화를 버럭 내면서 말을 끊었다.

그걸 본 통역관은 자신의 의심을 확신으로 굳혔다.

'이런 개새끼.'

통역하기 위해 베트남에 여러 번 갔다 온 덕분에 베트남에 적지 않은 노인들이 버려지고 있다는 것은 알고 있었다.

그런데 지금 상황을 보면 딱 그짝이었다.

노인들이 베트남에서 고소한 거고, 베트남은 그에 따른 처벌이 필요하다는 것을 인정한 것이다.

"그래서 이거 어떻게 해야 해요?"

나름 생각을 이어 가며 애써 진정하려고 하는 조말호와 다르게 그의 아내는 이런 경우는 처음이라서 그런지 잔뜩 긴장

한 표정으로 말했다.

"글쎄요……."

통역관은 뻔하게 알면서도 모른 척 물었다.

"아마도…… 못해도 5년 이상은 나오지 않을까요?"

"뭐…… 뭐라고요!"

"5년!"

두 사람은 기겁해서 자리에서 벌떡 일어났다.

"그게 무슨 말인가! 5년이라니!"

"베트남은 우리와 달라서 법이 엄해요. 척 봐도 유기에 의한 살인미수니까 5년 이상은 나오겠지요."

"미친! 내가 언제 사람을 죽이려고 했다는 거야!"

"그러면 뭔데요?"

"그건……."

차마 말을 못 하는 조말호.

그는 붉으락푸르락한 얼굴로 통역관을 바라보다가 그의 손에서 잽싸게 소환장을 낚아챘다.

"여보, 가자."

"여…… 여보……."

"가자고! 여기에 계속 있을 거야!"

그는 이를 박박 갈면서 바깥으로 나갔다.

설마 일이 이렇게 커질 거라고는 생각도 하지 못했다.

그러나 문제는 거기서 끝나지 않았다.

띠리링, 띠리링.

급박하게 울리는 핸드폰.

조말호는 그걸 힐끗 보고는 얼굴을 사정없이 꾸기면서 받아 들었다.

"여보세요."

—야, 이 새끼야! 너 뭔 짓을 한 거야!

상대방이 다짜고짜 퍼붓는 말에 조말호는 얼굴이 더 찡그러졌다.

"형님한테 이 새끼라니, 너 미쳤어?"

—미쳤다! 뭔 짓을 했기에 베트남에서 소환장이 날아와!

"뭐?"

그는 얼굴이 사색이 되었다.

설마 동생에게까지 소환장이 날아갔을 거라고는 생각하지 못했기 때문이다.

그러나 충격은 그걸로 끝이 아니었다.

—막내도 받았다잖아, 이 새끼야! 네가 알아서 한다면서! 문제 될 거 없다면서! 그런데 이게 뭐야!

"아니…… 문제가 될 건 없기는 한데……."

그렇게 생각했다.

다른 사람에게서 어떻게 버리는 게 좋은지 조언까지 들었다.

가능하면 치안이 좋지 않고 강도가 많은 곳에 좋은 옷을 입혀서 버리면 한 달도 못 버틴다고 했다.

이것이 힘이다

'이게 아닌데…….'

벌써 죽었어야 하는데, 죽기는커녕 멀쩡하게 살아서 고발을 해 오다니.

"젠장, 정확한 거야?"

-안 그러면 내가 미쳤다고 너한테 전화하냐! 나뿐만 아니라 마누라까지 고발당했다고!

"이런……."

조말호는 그 자리에 멍하니 서 있었다.

'설마…….'

다 고발했단 말인가?

사실 당연하다면 당연한 거다.

애초에 자식들은 서로 모시기 싫다면서 면전에서 멱살을 잡고 서로 주먹질을 해 대며 싸운 데다 며느리들도 '난 못 모신다. 너희가 모셔라.'라고 하면서 머리끄댕이를 잡고 싸웠으니, 어머니는 자신이 버려진 것이 단순히 한 명의 짓이라고는 생각하지 않을 것이다.

"일단은…… 진정하고……. 일단은…… 내가 좀 알아볼게……."

-알아보기는 뭘 알아봐! 씨발, 어쩔 거냐고! 안 그래도 정치인 새끼 하나가 요즘 들쑤셔서 국민들 분위기도 좋지 않은데!

아직은 단신 위주로 처리되고 있지만 사람들이 이번 문제에 대해 관심을 가지기 시작한 것은 여러모로 곤란했다.

"그러면 그냥 있을 거야!"

조말호는 소리를 버럭 질렀다.

다른 나라에서 건 소송이라고 해도 찜찜한 것은 찜찜한 것이다.

더군다나 살인미수라니, 인생 종 치기 딱 좋은 죄목이다.

"일단은 뭐든 알아봐야 할 거 아니야, 이 새끼야!"

ㅡ야, 이 미친 새끼야! 그러면 어떻게 할 건데? 소송 장소가 베트남이야, 이 새끼야! 한국이 아니라고! 가서 판사 붙잡고 물어볼래? 아니면? 가서 변호사 선임할 거야? 재수 없어서 거기서 확정판결 나면? 그날로 인생 끝이야, 이 미친 새끼야! 바로 끌려서 감방으로 간다고!

"으으으……"

동생에게 화나기는 했지만 틀린 말은 아니었다.

거기서 판결이 확정되는 순간 자신들은 바로 베트남의 교도소로 끌려가게 될 것이다.

"그러면 어쩌자는 거야! 여기서 입 닥치고 있자 이거야, 뭐야!"

ㅡ안전하게 있어야 할 거 아냐!

"씨발, 재판은 해야 할 거 아니야!"

이를 박박 가는 조말호.

그런 그를 옆에 있던 아내가 다급하게 불렀다.

"여보, 여보!"

"뭐야! 지금 통화하는 거 안 보여!"

분노를 주체하지 못하고 와이프에게 화를 내는 조말호.

하지만 와이프도 나름 이유가 있었다.

"여기에 맡기면 안 될까요?"

"뭐?"

"여기 보세요. 이곳의 변호사들이 국제 사건을 전문으로 한대요."

"국제 사건?"

그는 혹시나 하는 마음이 들었다.

그리고 보니 변호사가 출석하면 당사자는 출석하지 않아도 된다. 그렇다면 베트남 사건에 변호사를 출석시켜도 될 거라는 생각이 들었다.

물론 베트남의 변호사를 선임하는 게 쉬운 일이 아니지만.

"국제 변호사라고?"

"네. 세계 각국에 지점도 있대요. 베트남에도 있고요."

와이프의 핸드폰을 보던 조말호는 자신의 핸드폰을 들었다.

"잠깐만 기다려 봐. 이따 다시 통화하자. 이 새끼야, 방법이 있을 것 같아서 그러는 거 아냐! 닥쳐! 내가 다시 전화해!"

동생에게 말한 그는 와이프의 핸드폰을 낚아채고는 유심히 바라보았다.

그리고 입술을 깨물었다.

"여기뿐인가?"

"그런가 봐요."

"으음……."

아무리 인터넷을 뒤져도 베트남에서 벌어진 사건을 해결할 수 있는 곳은 이곳뿐인 듯했다.

이곳 말고는, 베트남 변호사를 선임하려면 베트남까지 가야 한다.

'그랬다가는…….'

그는 정신이 아찔해졌다.

갔다가 바로 구속될 수도 있고, 아니면 출국 금지가 떨어질 수도 있다.

그랬다가는 제대로 저항도 못 해 보고 감옥으로 끌려가게 될 것이다.

"그러면 여기뿐이라는 건데……."

조말호는 입술을 깨물었다.

그리고 다시 전화를 들었다.

"나다. 그래. 의뢰할 수 있는 회사가 있어."

어쩌면 안전한 한국에서 사건을 무마할 수 있을 거라는 생각에 그는 다급하게 동생에게 설명하기 시작했다.

⚖

"의뢰요?"

이것이 법이다

무태식은 당황했다.

물론 이런저런 사건이 있지만 설마 자신들에게 의뢰가 올 줄은 몰랐던 것이다.

"무슨 문제라도 있나요?"

"아니요. 그건 아닌데……."

조말호의 말에 무태식은 시선을 돌렸다.

'이놈이 왜 여기에 온 거야?'

척 들어 봐도 자신들이 고발 중인 녀석들이 맞다.

그런데 자신들에게 찾아올 줄이야.

"이걸 해결만 해 준다면 돈은 달라는 대로 주겠습니다."

"돈을 달라는 대로 주신다고 해도 저희는 정해진 의뢰비만 받습니다."

"어허! 그렇게 빡빡하게 말하지 않아도 된다니까요. 압니다. 사람 눈이라는 게 있으니까. 걱정 마요. 내가 어디서 떠들 사람도 아니고."

히죽거리면서 웃는 조말호를 보면서 무태식은 당혹감을 감추지 못했다.

'이거 뭐지?'

분명히 틀린 의뢰는 아니다.

가끔 해외에서 소송이 걸리는 경우, 새론이 한국에서 받아서 지부로 보내는 경우도 많다.

그러나 자신들이 노리고 있는 대상이 올 줄은 몰랐다.

"일단 이건 저희가 해결할 수 있는 게 아닌 것 같네요."

"뭐요? 아니, 베트남에 지점도 있다면서요? 그것도 못 보내납니까?"

"그게 아니라……."

뭔가 이상하다는 생각을 하던 무태식은 일단 발을 빼기로 했다.

"해외 의뢰 건은 위에서 결정하는 거거든요."

"위에서?"

"네. 사법 체계가 다르니까요. 해외에 지점을 내기는 하지만 그곳이 정확하게 우리한테 속했다기보다는 일종의 제휴 형태로 되어 있는 거라 우리가 무조건 사건을 보낼 수는 없어서요."

"음……."

"조금만 시간을 주시면……."

"빨리합시다. 우리도 바쁘니까."

"네. 바로 여쭤보겠습니다."

조말호가 거기까지 말하고 휑하니 나가 버리자, 무태식은 다급하게 송정한의 사무실로 향했다.

때마침 송정한은 노형진과 이야기 중이었다.

"오? 어쩐 일인가, 무 변호사?"

"아…… 노 변호사님, 마침 계셨군요."

"네. 그런데 어쩐 일로 여기까지 오셨습니까?"

"사실은 어이없는 일이 벌어져서요."

"어이없는 일?"

"네. 부모를 버린 인간들이 우리한테 사건을 의뢰하고 싶다고 합니다."

송정한의 얼굴이 묘하게 변했다.

그들이 자신들에게 사건을 맡긴다? 그게 말이나 된단 말인가?

그런데 어쩐 일인지 노형진은 그저 웃을 뿐이었다.

"드디어 떡밥을 물었군요."

"떡밥을 물어?"

"네. 애초에 그렇게 하기 위해 함정을 판 거니까요."

"그게 무슨 소리인가?"

"이제는 슬슬 말해도 되겠군요."

노형진은 차근차근 자신이 판 함정이 뭔지 설명하기 시작했다.

그 말을 들으면서 두 사람은 노형진의 계획이 단순한 응징이 아니라 거의 거미줄, 아니 늪처럼 빠질 수밖에 없는 함정이라는 사실을 깨달을 수밖에 없었다.

"그래서 우리 이름이 아니라 다른 이름을 계속 쓴 건가?"

"네."

해외에서 다른 사람들을 데리고 올 때도, 그리고 사회에 도움을 요청할 때도 법무 법인 새론이라는 이름은 드러나지 않았다.

이런 건 드러나도 문제 될 것이 없기 때문에 왜 그러나 하는 생각은 했지만 워낙 조심스럽게 움직이는 노형진이니 그럴 거라 생각했다.

그런데 전혀 엉뚱한 곳에서 갑자기 이유가 툭 튀어나온 것이다.

"아니, 도대체 왜 우리한테 온 건가?"

"뻔하지요. 자기 딴에는 머리를 쓴 겁니다. 우리 말고 지점을 가지고 있는 곳이 있던가요?"

"아……."

순간 두 사람은 아차 싶었다.

자신들과 다른 변호사들의 다른 점. 그건 바로 지점이었다.

"다른 로펌들은 돈을 벌면 한국에 투자합니다. 그래야 더 많은 돈을 벌 수 있으니까요. 하지만 우리는 아니죠. 세계 각국에 지점이 있습니다. 그런 곳은 우리가 유일하지요."

"그렇다면…… 우리한테 올 수밖에 없는 거군."

"네."

애초에 새론 말고는 사건을 맡길 수 있는 곳 자체가 없었던 것이다.

"전 그들이 우리에게 오기를 바랐습니다. 그래서 우리를 감춰 달라고 부탁한 거고요."

"허."

노형진의 말에 두 사람은 서로를 바라보았다.

일단 의뢰가 들어오기는 했다. 하지만 문제가 있다.

"우리가…… 그 사건을 담당하는 건 좀 문제가 있지 않을까? 어찌 되었건 우리가 고발자 쪽이잖아?"

"맞습니다. 우리가 아무리 고발자 쪽이라고 하지만 이런 건 나중에 문제가 될 텐데요."

상대방을 속이고 관련 증거를 받는 것.

그건 나중에 문제가 될 가능성이 충분히 있다.

최소한의 상도덕도 지키지 않는 셈이니까.

"압니다. 그래서 우리는 그걸 받아들이지 않을 겁니다."

"그러면 어쩌려고?"

"다른 사람을 소개해 줘야지요."

"다른 사람?"

"네."

노형진이 그렇게 말하면서 씩 웃자 송정한은 그가 뭘 노리는지 알아차렸다.

"무능한 놈을 붙여 주려고 하는군."

"후후후."

변호사마다 다 실력에 차이가 있다.

모든 변호사들의 실력이 동등하면 참으로 좋겠지만 현실적으로 그건 불가능하다.

누군가는 실력이 좋고 누군가는 실력이 나쁘다.

"실력이 나쁜 변호사를 소개해 주는 것은 전혀 문제가 될 리 없지요."

자신들이 할 수가 없어서 외부의 변호사를 소개해 준 것뿐이니 그걸 받아들이고 말고는 그들의 선택이다.

"잠깐만…… 그럼 애초에 그들이 뇌물을 쓸 거라고 예상한 게 아니라……."

"그렇게 만들어진 거지요."

자신들이 소개해 준 변호사는 뇌물을 쓰라고 할 것이다.

동남아 쪽에서 흔하게 벌어지는 일이 바로 뇌물 공여인 데다, 실력이 없는 변호사라면 분명히 뇌물을 쓰도록 유도할 테니까.

"헐."

노형진이 뇌물을 이용한 함정을 팔 때 도대체 무슨 확신을 가지고 저러나 했는데, 알고 보니 확신을 가질 만한 이유가 있었던 것이다.

"현대의 사람들은 대부분의 정보를 인터넷에서 얻지요."

"그렇군."

송정한도 인터넷에서 베트남과 변호사와 관련된 정보를 찾아보자 가장 먼저, 또 가장 많이 보이는 것이 자신들이었다.

베트남에 지점을 가지고 있는 한국 기업.

"그 나라로 가서 의뢰하지는 않는 건가?"

"위험성이 있으니까요."

출국 금지를 당하거나 구속이라도 당하면 저항도 못 해 보고 처벌을 받을 수밖에 없다. 그러니 그들은 최대한 안전하게 의뢰를 맡기려고 할 것이다.

"그리고 그 대안은 우리뿐이지요."

그들은 자신들이 선택한다고 생각하고 있을 테지만 선택 자체가 함정이었던 것.

"제대로 함정에 걸린 거군."

"네. 이제야 첫 연락이 온 거지만 아마 시간이 지나면 점점 더 많은 사람들이 우리를 찾아올 겁니다."

"그렇겠지."

부모를 버린 인간들은 많고, 각 나라에서 소환장이 가는 데에는 상당한 시간이 걸릴 테니까.

"하지만 대부분 여기로 오게 될 겁니다."

차라리 그 나라로 가서 당당하게 재판을 받는다면 모를까, 피하기에 급급한 그들이 노형진의 함정에서 벗어날 방법은 없었다.

"이제는 결국 시간문제지요."

그리고 자신들은 시간이 지난 후 그물에서 물고기를 건져 올리기만 하면 되는 것이다.

⚖️

얼마 후, 새론은 적당한 핑계를 대면서 의뢰를 거절했다.

그리고 적당한 변호사를 소개해 줬다.

실력은 없는데 욕심만 많은 변호사들을 알차게 골라서.

당연하게도 그 사실을 모르는 의뢰인들은 대부분 그 변호사들과 계약했고, 그들로부터 뇌물을 줄 것을 권유받았다.

애초에 그런 변호사만 찾아서 소개해 준 것이니 당연하다면 당연하게 벌어질 일이었다.

그런데 부모를 버리는 인간들의 특징은 양심이 없다는 것이다.

자신에게 이득이 된다면 당연히 법 따위야 개떡으로 아는 인간들.

거기에다 뇌물의 금액도 많은 것이 아니다.

환율의 차이가 극심하다 보니 한국 돈으로 1천만 원만 줘도 현지에서는 1억 이상의 가치를 띠기 때문이다.

그리고 그건 노형진이 기다리던 일이었다.

"이게 어떻게 된 일입니까!"

"말이나 됩니까!"

"너희가 책임져!"

언성을 높이는 사람들.

그들은 변호사를 소개해 준 새론 앞에서 고래고래 소리를 지르고 있었다.

노형진은 그런 그들에게 단호하게 선을 그었다.

"저희가 책임질 만한 일이 아닙니다."

"그러면 이 일을 어쩔 거야!"

"뭐? 능력 있는 사람? 능력이 있는 변호사가 일을 이따위로 처리하냐!"

그들은 막대한 뇌물까지 줘 가면서 이번 상황을 벗어나려고 했다.

그런데 정작 일이 해결되기는커녕 뇌물죄까지 추가로 뒤집어쓰는 바람에 형량만 왕창 늘어났다.

"저희가 뇌물을 쓴 것도 아니니 책임질 일도 아니지요."

"뭐라고? 그걸 말이라고 지껄이는 거야!"

노형진은 자신에게 항의하는 사람들을 차가운 눈빛으로 바라보면서 말했다.

"저희는 변호사를 소개해 드렸지, 뇌물을 쓰라고 한 건 아니잖습니까?"

"그거야……."

"도리어 저희가 경고해 드렸잖습니까?"

"그건……."

분명히 그랬다.

베트남은 부패가 심해서 판사들이나 검사들이 일상적으로 뇌물을 요구한다고. 그러니 그 점을 주의하라고.

"그런데 그걸 무시하고 뇌물을 주셔서 일이 커진 건데 저희에게 무슨 책임이 있다는 겁니까? 분명히 경고해 줬는데."

"아니, 언제 경고해 줬다는 거야!"

"주의하라고 했잖습니까?"

"그게 경고야? 어!"

"경고지요. 그러면 안내인가요?"

"그건······."

소리를 지르던 사람들은 말문이 턱 막혔다.

분명히 그랬다. 분명히 이야기해 준 것이다.

"그때 녹음된 기록도 있으니 한번 들려드려 볼까요?"

"그건······."

노형진은 대차게 나가면서 그들을 몰아붙였다.

'너희들이 그 맷돌을 굴려 봐야 뻔하지.'

주의하라는 말에는 두 가지 의미가 공존한다.

누구나 뇌물을 쓰는 곳이니 고민하지 말고 뇌물을 주라는 것과, 뇌물을 요구받아도 주지 말라는 것.

'그러나 너희들이 그 말을 듣고 쓰지 않을 리가 없지.'

개나 소나 다 뇌물을 쓴다는데 그들이 양심을 지킨다고 뇌물을 쓰지 않을 리 없다.

애초에 그 경고조차도 함정이었던 것.

"저희가 경고해 드렸는데도 불구하고 뇌물을 주시고서는 저희한테 책임을 물으시면 안 되지요."

다들 얼굴이 어두워졌다.

사무실에 와서 소리를 지르면 꼬리를 말 거라 생각했는데 분명히 경고해 줬고 녹음 기록까지 가지고 있다면 이쪽에서 항의해 봐야 의미가 없다.

"저희는 모르는 일입니다."

노형진은 가차없이 몸을 돌려서 안으로 들어갔다.

안에서는 사람들이 기다리고 있다가 씩 웃었다.

"완전 사이다네, 사이다."

"그렇지?"

"그러니까. 저 인간들 표정 봐."

허망한 표정. 세상이 망했다는 표정.

저 표정이 그들의 모든 것을 표현하고 있었다.

이미 그쪽 재판에서 졌으니 나갈 수도 없는데, 그렇다고 한국에만 있을 수도 없다.

"아마 각국 정부에서는 저들에 대해 범죄인인도를 요청할 겁니다."

"지옥으로 들어가는 셈이군."

"그렇겠지요."

교정 시설, 그러니까 교도소의 생활환경이 좋은 나라는 극히 드물다.

한국의 교정 시설의 생활환경은 전 세계에서 10위 안에 들어갈 만큼 좋은 편이다.

그나마 좋은 편이라고 하는 미국에 가도 매일같이 남성에 대한 강간이 벌어지며, 특히나 상대적으로 덩치가 작은 동양 인들은 그러한 남성 강간의 주요 대상이 될 정도니까.

프랑스 같은 경우는 문화 자체가 범죄자에게 인권은 사치라는 식이라 문화 강국이라는 말과 다르게 최악의 수용 시설이라고 소문이 나 있고, 동남아는 제대로 눕지도 못할 만큼 빽빽하게 가둬 둔다고 알려져 있다.

"저쪽은 이제 끝이야?"

"그렇겠지. 아무리 정부라고 해도, 한두 곳도 아니고 수십 개국에서 오는 범죄인인도 요청을 모조리 거부할 수는 없거든."

이미 대한민국은 범죄인인도 조약에 가입한 나라다.

그러니 다른 나라에서 범죄인을 달라고 하면 넘겨주지 않을 수가 없다.

"하지만 그래도 저들이 다른 방법을 쓰면 어떻게 해?"

"다른 방법?"

"가령 저들이 한국에 자수한다거나 하는 거."

"아아."

한국은 상대적으로 처벌이 약하다. 애초에 노형진이 걱정했던 것처럼 벌금으로 끝날 가능성이 높다.

아니, 100% 그럴 것이다.

"그럴 수는 없어, 현행법상."

"응?"

"다른 곳에서 판결을 받은 사건을 국내에서 무단으로 판결을 내리고 범죄인을 인도하는 것은 국제조약 위반이거든."

"그래?"

"생각해 봐. 만일 그걸 인정하면 사람들이 어떻게 하겠어?"

"아…… 그러면 범죄를 저지르고 자국으로 돌아와서 숨으려고 하겠구나."

"그래."

해외에서 사람을 죽이고 한국으로 돌아오거나 하면 수사가 제대로 진행되기 힘들다.

설사 한다고 해도 자국에서 자국민 보호를 핑계로 터무니없는 처벌을 내릴 수 있다.

가령 저쪽에서는 종신형인데 이쪽은 벌금이라든가 하는 식으로 말이다.

"반대로 저쪽에서 처벌받고 온 것에 대해서는 자국에서도 다시 처벌을 못 하지."

"그럼 자수해도 우선권은 저쪽에 있다는 거야?"

"그래."

일단 저쪽에서 처벌이 확정되었기 때문에 이쪽에서 그걸 무력화시키는 것은 조약 위반이다.

"물론 힘이 있는 경우는 그걸 지키지 않기도 하지만 이번 건 같은 경우에도 그럴 수 있을까? 국가가 한두 곳도 아닌데?"

"아하!"

"결국 정부는 그들을 내줄 수밖에 없을 거야."

그리고 그들이 잡혀가면 거기서 느긋하게 민사를 해서 전 재산을 빼앗으면 된다.

"완전히 독박이네."

"그래. 일단 절반은 끝났네."

"절반?"

"그래. 이번에 소송하신 분들은 살아 계시잖아."

"그런데?"

"문제는 돌아가신 분들이야. 사실 절반도 아니기는 하지. 돌아가신 분들이 살아 계신 분보다 많으니까."

"해외에서 다시 고발하면 되잖아?"

"당사자가 없으니 아무래도 힘들지."

"응?"

"아무래도 조건에 부합하지 않잖아."

노형진은 손채림에게 차근차근 설명해 줬다.

부모가 살아 있는 경우 범죄 현장도 그곳이고 당사자도 그곳이니, 그곳에서 고발해도 문제가 되지 않는다.

하지만 당사자가 죽은 경우에는 범죄 현장이라는 조건만 남는데 그마저도 부정확하다.

그러니 그 나라에서 소송을 받아 주기는 힘들다.

"그러면?"

"한국에서 재판을 받아야 하지, 공식적으로는."

"그러면 어쩌지? 우리가 고발해 봐야 제대로 처벌받기가 힘들 텐데."

손채림은 걱정스럽게 말했다.

이것이 법이다

자신들이 아무리 노력해도, 그러면 처벌이 제대로 이루어
질 리 없기 때문이다.

"걱정하지 마. 방법은 언제나 존재하니까."

다만 시간이 걸릴 뿐이다.

그리고 노형진은 아무리 시간이 지나도 그들의 범죄를 잊
어버리지 않을 자신이 있었다.

이것이 인과응보

─저희 대룡에서는 이번 사건에 대해 참으로 안타깝게 생각합니다. 특히 갈 곳이 없어서 여인숙에서 숙식을 해결하고 있는 노인분들의 처지에 분노하지 않을 수가 없습니다. 이에 대룡에서는 준비 중이던 노인 요양 시설을 전면 개방하기로 하였습니다. 일단 무상 입주를 진행하고 추후 자녀들에 대한 소송을 통하여 입주비를 받는 쪽으로…….

방송에서 나오는 발표를 보던 유민택은 텔레비전을 꺼 버렸다. 그리고 바로 앞에 있는 노형진을 바라보았다.

"이쯤이면 된 건가?"

"네, 충분합니다. 그나저나 손실이 큰가요?"

"그다지 크지 않다네."

어깨를 으쓱하는 유민택.

사실 어느 정도의 초반 손실은 사업하는 데 있어서 각오할 수밖에 없는 것이 현실이다.

하지만 이번만큼은 그 초반 손실이라는 것이 거의 없었다.

"여기저기서 돈이 들어왔거든."

"아, 그 기부금 말씀이군요."

"그래."

한국은 동방예의지국이라 불린다.

물론 지금은 그런 흔적만 남아 있지만, 그래도 이런 문제에 대해 분노하는 사람들은 분명히 존재한다.

"사람들이 기부금을 모아서 줄 거라고는 생각하지 못했네."

"많지는 않을 텐데요?"

"중요한 건 그게 아니지."

기부금을 모아서 준다는 것.

그건 그 기부를 한 사람들이 대룡을 믿는다는 뜻이다.

"광고비가 적지 않게 아껴지는 모양이야. 대부분의 상품들 판매량도 쭈욱 올라갔어."

노형진은 피식 웃었다.

"올라갈 것이 있어요?"

"뭐, 우리라고 없겠나? 후후후."

아무리 대룡이 성공했다고 해도 모든 시장을 다 석권하고 있는 것은 아니다. 그러니 분명히 올라갈 곳이 존재한다.

"거기에다 그 땅은 워낙 싸게 구입한 곳이라."

진짜 깡시골이고 아무것도 없는 동네다.

주민이라고는 노인 열 명이 다였던 동네였으니.

"없다고 하면 거짓말이지만 상승분으로 어떻게 메꿔지더군."

유민택은 흡족한 표정으로 말했다.

"아마 자식들에게 강제로 받아 오면 그때부터는 순수익이 될 것 같네."

"다행이네요."

"그런데 자네는 어때? 일단 우리가 해 줄 수 있는 건 다 해 준 것 같은데."

대룡이 해 줄 수 있는 건 여기까지다.

남은 것은 법적인 문제뿐.

"일단 유기범들에 대해서는 세계 각국에서 형사재판을 진행 중입니다. 그에 대해서는 저희가 어떻게 할 수 있는 게 없지요."

대부분의 사람들이 뇌물죄로 한꺼번에 들어갈 테지만 말이다.

"이제 진짜 핵심으로 접근하는 거군."

"네."

애초에 이 사건을 시작하면서 가장 중하게 처벌해야 하는 놈들은 다름 아닌 살인범들이다.

"그들도 외국에서 고발할 건가?"

"그래야지요."

"그런데 그게 가능한가? 법적으로 인정되지 않을 것 같은데."

살아 있는 분들의 경우는 사건 발생지가 외국이고 거기에다가 피해자도 외국에 있으니 외국에서 고발하는 것이 가능하다.

하지만 사망 사건의 경우는 피해자가 죽은 상황이니 그 나라에서 받아 주지 않을 가능성이 아주 높다.

"그건 걱정하지 마세요. 해결책이 있으니까요, 후후후."

"그래도 처벌이 쉽지는 않을 텐데. 누가 증언해 줄 것도 아니고."

"아니요. 해 줄 겁니다."

"뭐?"

"제가 떡밥을 이미 던져 놨거든요."

"자네라면 그러고도 남을 사람이지. 하지만 그 사람이 누군 줄 알고?"

"중요한 건 그게 아니지요."

노형진은 씩 웃으면서 말했다.

"중요한 건 증인이 있다는 겁니다."

⚖️

노형진은 사건 초기에 각국에 떡밥을 뿌렸다.

사망한 노인분들에 대해 증거가 있거나 혹은 증언해 줄 수 있는 분들을 찾는다고, 그에 대한 사례를 하겠노라고.

그리고 그 떡밥은 생각보다 강력한 힘을 발휘했다.

"그렇다니까요. 그 노인분은 약간 정신이 나간 것처럼 보였어요."

한 여자가 열변을 토하듯이 말하고 있었다.

"배가 고파 보이기에 제가 햄버거를 사 드렸거든요."

"그래요?"

"네. 그걸 허겁지겁 드시더라고요."

"그 후에는요?"

손채림은 이야기를 정리하면서 계속 여자의 눈을 바라보았다.

"그리고 인사하고 저희랑 멀어졌는데요, 한 시간쯤 있다가 근처에서 난리가 난 거예요. 그래서 가 봤더니 그 할머니가 쓰러져 계시더라고요!"

여자는 그때가 생각나는 듯 얼굴을 찌푸리면서 말했다.

"선혈이 낭자한 것이⋯⋯."

"진정하세요. 그걸 다 기억해 내실 필요는 없으니까."

"하여간 기분이 안 좋았네요. 나중에 알고 보니 길을 건너다가 교통사고가 나셨다고 하더라고요."

"아⋯⋯."

"딱 봐도 치매가 있어 보이셨는데⋯⋯."

"안타까운 일이네요."

몇 가지 추가적인 확인을 한 손채림은 여자를 바라보면서 입을 열었다.

"그런데 이거 진짜로 증언하실 수 있는 거예요?"

"그럼요."

현상금이 무려 1천만 원이다.

고작 200만 원 들여서 갔다 온 여행의 좋지 않은 기억으로 1천만 원을 벌 수 있다고 하니 당연히 거절할 리 없다.

"알겠습니다. 그럼 저희가 확인하고 연락드릴게요."

"네."

여자가 나가고 나자 손채림은 의자에 기대앉았다.

그런 그녀에게 노형진이 다가왔다.

"어때?"

"이번에는 진짜인 것 같아. 그 당시 상황도 맞고."

그 나라에서 사망한 노인에 대한 부검 기록을 가지고 왔다.

교통사고로 사망했다는 것, 치매가 있다는 것, 그리고 위장에 미처 소화되지 않은 햄버거로 보이는 음식물이 있다는 것 등등.

"의외로 증인이 많네."

"결국 그들이 버리는 곳은 관광지니까."

그러니 한국인이 제법 많았던 것이다.

몇몇은 현지 주민이기도 했고, 몇몇은 이민 간 사람이었으며, 가끔은 방금 전에 나간 여자처럼 관광객인 경우도 있었다.

"하지만 생각보다 많은 건 아니야. 대부분은 가짜야."

손채림은 짜증스럽게 말했다.

지금 온 사람의 경우는 진짜로 본 것이 거의 확실했지만 대부분의 사람들은 그렇지 않았다.

무려 1천만 원이라는 보상금에 눈이 멀어서 가짜로 연락해 온 사람들이 적지 않았던 것이다.

"당연한 거지. 1천만 원이 적은 돈이냐?"

한국에서도 1천만 원이 작은 돈이 아니다.

하물며 동남아에서는 가히 팔자를 고칠 만한 돈이다.

그러니 기를 쓰고 달려드는 것이리라.

"하지만 이래서는 의미가 없잖아. 다 가짜 같은데."

노형진이 피식 웃으면서 손채림의 앞에 의자를 거꾸로 두고 앉았다.

"의미가 왜 없어?"

"뭐?"

"그거 가짜인 걸 누가 알아?"

"무슨 소리야?"

"그렇잖아. 그게 가짜인 걸 누가 아느냐고."

"우리야 알지."

"다 아는 건 아니잖아."

"그거야……."

지금처럼 확실하게 말하는 경우도 있다.

정황도, 사건도, 기록도 명확한 경우도 있다.

그런 경우라면 확실하게 인정할 만하다.

그러나 그렇지 않은 경우, 그러니까 상황 자체가 애매한 경우도 많다.

강도에게 죽었는데 증인이 없다거나 이미 죽은 채로 발견되었다거나.

"그런데 그 증언들 중에서 관련 사건과 비슷한 증언이 없을까?"

"어……."

의외로 인간의 상상력은 풍부하다.

어떤 지역에서 어떤 노인이 강도에게 칼로 찔려서 죽었다는 증언도 분명히 존재한다. 그리고 그 지역에 실제로 그런 노인도 존재한다.

"확실하지 않지만 증언은 증언이지."

"허어?"

손채림은 노형진이 노리는 게 뭔지 바로 알아차렸다.

"중요한 증거가 없어? 그러면 압도적인 증언으로 압살해 버리는 거야."

유기 치사가 성립되는 조건은 간단하다.

보호해야 하는 사람이 보호 대상을 유기, 즉 버려서 그 사람이 위험을 피하지 못하고 그 위험 때문에 죽든가 굶어 죽으면 되는 것이다.

문제는 그 사람이 왜 죽었느냐다.

안전한 상태에서 죽은 거라면, 가령 호텔에 있다가 호텔 수영장에 빠져 죽거나 집에서 자연사하는 식으로 죽은 거라면 문제가 없다.

하지만 칼에 찔리거나 총을 맞거나 교통사고가 나거나 바깥에서 굶어 죽는다면 유기 치사가 맞다.

"그런 증언은 넘치잖아?"

넘쳐 나다 못해서 사망자보다 증언이 더 많을 지경이다.

"물론 가짜도 있기는 하지만."

돈 때문에 거짓말을 하는 사람도 분명히 존재한다.

노형진은 그걸 노린 거다.

"그걸 우리가 알 수는 없지."

"허얼."

그리고 자신들은 그걸 가지고 고발하면 그만이다.

상황이 얼추 맞는다면 경찰이나 법원도 납득할 수밖에 없을 것이다.

"그렇다고 경찰이 열심히 현지에 가서 조사할 것도 아니고."

"미친…… . 그거 위증 아니야?"

가짜 증언이라고 해도 걸러 내지 못하면 결국 진실이 된다.

그리고 그 증언을 기반으로 처벌이 가능하고 말이다.

"아, 위증은 아니야. 우리가 증언하는 게 아니잖아? 그렇다고 거짓말해 달라고 교사한 것도 아니고."

손채림의 걱정에 노형진은 어깨를 으쓱했다.

"다만 우리는 그 사람이 거짓말한 것을 몰랐을 뿐이지. 안
그래?"

"그건 그러네."

자신들이 증언한 것은 아니니 위증도 아니고, 자신들이 현
상금을 걸기는 했지만 어떻게 증언하라고 부탁한 것도 아니
니 위증 교사도 아니다.

즉, 걸리지 않으면 효과를 발휘하고, 걸려도 자신들에게
피해는 없다.

"물론 걸리는 놈도 있겠지. 하지만 어쩔 건데? 잡아 올 거야?"

"아⋯⋯."

현행법상 범죄인을 인도받으려면 최소 1년 이상의 금고
처벌을 받아야 한다.

그런데 이 정도로 1년 이상의 금고가 나올 가능성은 낮다.

설사 나온다고 해도 이미 한국의 교도소는 포화 상태다.

거기에다 1만이 넘는 살인범이 발생하는 상황이 되었는데,
그들을 데려와서 수감시키는 것은 사실상 불가능에 가깝다.

"결국은 흐지부지되는 거지."

먹혀들면 좋은 거고, 아니면 마는 거고.

"그리고 내가 노리는 건 단순히 그런 게 아니야."

"응?"

"원래 재판이라는 것은 공방이잖아."

몸을 빙글 돌려서 의자에 기대앉는 노형진.

그는 삐딱한 자세로 싱글벙글 웃었다.

"우리가 증언을 공개하면 그걸 뒤집는 건 상대방 책임이지."

"아하! 증명의 책임이 바뀌어 버리는구나!"

"정확한 지적이야."

자신들은 증언을 내밀었다.

이후 그걸 깨는 것은 상대방의 책임이 된다.

"상황이 반전되는 것이지."

그들은 자신들이 버린 부모가 그곳에서 비참하게 죽지 않았다는 것을 증명해야 한다.

"하지만 그게 가능할까?"

"응?"

고개를 갸웃하는 손채림.

왜 불가능하단 말인가?

"난 그 인간들을 현지에도 신고할 거거든."

"뭐?"

"경찰의 조사와 법원의 판결은 완전히 다르지. 구속은 절대로 처벌이 아니야, 사람들은 가끔 착각하지만."

"그렇지."

"마찬가지로 고발 자체는 불가능한 게 아니야. 명백하게 유기 치사니까."

"그런데?"

"우리가 유기 치사범을 거기에 고발하지 않았던 것은 실익이 없기 때문이야."

범죄 현장이 해외이기는 하지만 피해자는 이미 죽었고 가해자는 한국에 있다. 그러니 고발해 봐야 의미가 없다.

"하지만 그들이 사실을 증명하기 위해 거기에 들어가는 순간 상황은 바뀌는 거지."

사건 현장이 존재하며 가해자가 그곳에 있으니 당연히 경찰에 고발할 수 있고, 이 경우 해당 국가는 가해자가 한국으로 도주할 가능성이 아주 높으니 당연히 구속영장을 청구할 것이다.

그리고 증언도 있고 법도 한국보다 강하니 처벌은 피할 수 없을 테고.

"와…… 진짜 너, 잔머리 죽인다."

"잔머리라니. 계획이라고 말해 줘."

저들이 어떤 선택을 하든 그들은 노형진이 미리 만들어 둔 함정으로 빠질 수밖에 없는 구조인 것.

"하지만 다른 사람을 보낼 수도 있잖아? 가령 변호사라든가."

"누구?"

"그러니까…… 아…… 그렇겠네."

한국 변호사들의 대다수는 발로 뛰지 않는다. 그저 가지고 온 증거만을 가지고 말로 싸울 뿐이다.

그들이 해외에까지 가서 뒤집을 증거를 가지고 온다?

그건 상상 속에서나 나올 만한 일이다.

그나마 발로 뛰는 변호사들은 대부분 새론에 속해 있다.

"결국 거기에 가서 해 줄 사람은 없다는 거지."

물론 거기까지 가 줄 사람은 많다. 돈을 많이 준다고 한다면 말이다.

하지만 그들이 가서 일을 제대로 할 수 있는지 확신할 수는 없다.

가서 관광을 하든 여자를 끼고 놀든, 알 수가 없는 것이다.

"하지만 그래도 다른 사람을 쓸 수도 있잖아?"

"그렇지. 하지만 그들이 원하는 정보는 쉽게 나오지 않을걸."

"어째서?"

"두고 봐, 후후후."

노형진은 미소를 지으며 말했다.

⚖️

'이런 씨발.'

강재만은 땀을 뻘뻘 흘리고 있었다.

자신이 고발당했다.

그것까지는 좋다. 한두 번 고발당한 것도 아니니까.

문제는, 이번 건은 그저 그런 범죄가 아닌 살인이라는 것

이것이 인과응보 163

이다.

처벌받게 된다면 당연히 그의 인생은 박살 난다.

그렇기 때문에 그는 어떻게 해서든 반대되는 증거를 찾아야 했다.

"여기서 죽었다고?"

"네."

그와 함께 온 가이드는 땀을 닦으면서 말했다.

"여기서 강도에게 칼을 맞았다고 하더군요."

"씨발, 망할 놈의 노친네 같으니라고. 죽고 나서도 속을 썩이다니. 개새끼."

그는 자신의 아버지를 여기에 버렸다.

나이 여든이 다 되어서 갑자기 재혼하겠다고 나섰기 때문이다.

아버지가 재혼을 한다면 그의 130억대 재산은 현행법상그 아내가 되는 사람과 나눠야 한다.

절대로 그럴 수는 없었다.

정 결혼을 하고 싶다면 돈을 포기하고 하라고 했지만 아버지는 일언지하에 거절했다.

결국 강재만은 아버지를 땡전 한 푼 없는 상태로 필리핀에다가 버렸다.

그리고 그 뒤 죽었다는 소식을 듣고 좋아했는데, 자신이유기 치사로 고발될 줄이야.

만일 그게 확정되면 자신은 처벌은 물론이거니와 강제로 빼앗은 아버지의 재산을 모조리 정부에 빼앗길 수밖에 없다.

"그 증언, 확실한 거야?"

"아마도요. 기록이랑도 제법 맞구요."

"아니, 씨발. 새론 그 새끼들은 뭐가 아쉽다고 노친네들 뒤를 캐고 다니는 거야, 염병할."

"글쎄요."

가이드는 땀을 뻘뻘 흘리면서도 애써 웃으려고 노력했다.

'망할 새끼.'

돈만 아니라면 가이드를 하고 싶지 않았지만 돈이 급해서 어쩔 수가 없었다.

"후우."

강재만은 땀을 뻘뻘 흘리면서 산으로 올라갔다.

그런 그를 주변에서는 뚫어지게 바라보았다.

여기는 한국인들이 자주 오는 관광 코스가 아니니 이상하게 생각한 것이다.

"염병할. 아무것도 없잖아."

현장을 아무리 둘러봐도 증언을 뒤집을 만한 마땅한 뭔가가 없었다.

증언에 따르면 그의 아버지가 칼에 찔린 채로 여기서 숨져 있는 것을 발견했다고 했다.

"여기는 카메라 같은 것도 없는 거야?"

"그런 게 어디에 있습니까? 한국이 아니라고요."

"끄응……."

그는 짜증스럽게 주변 사람들을 바라보았다.

"그럼 저 인간들에게 물어보면 대답해 주지 않을까?"

"그럴지도 모르지요."

"후우, 할 수 없지. 네가 물어봐."

"제가요?"

"그러면 내가 물어보리? 나 필리핀어 할 줄 모르잖아."

가이드는 입을 삐쭉 내밀었다.

'쌍놈의 새끼, 나이 얼마나 처먹었다고 계속 반말이야?'

하지만 그놈의 돈 때문에 그는 어쩔 수 없이 물어봐야 했다.

질문이 시작되자 주변에서 계속 사람들이 몰려들었다.

"맞아요! 여기서 칼에 찔려 죽었어요!"

"커다란 덩치의 남자가 죽이고 지갑을 털어 갔어요."

"밤이라서 누군지는 잘 몰라요."

다들 왁자지껄하게 떠들어 댔고, 그 말을 통역해서 들은 강재만은 점점 얼굴이 일그러졌다.

'씨발, 이거 빼도 박도 못하게 생겼는데?'

한 명이 주장한 거니 말도 안 되는 소리라고 반박하려 했는데 보아하니 이 주변 사람들이 다 알고 있는 모양이었다.

당연히 여기서 자신이 이 증언을 모아서 가지고 가 봤자 인생을 스스로 시궁창에 처박는 꼴밖에 안 된다.

이것이 삶이다

"염병할, 다시 돌아가야겠군."

반대되는 증언이나 증거를 모으러 왔는데 도리어 자신에게 불리한 증거만 넘쳐 나니 강재만은 짜증스럽게 흐르는 땀을 닦았다.

"야! 가자!"

"네? 하지만 아직 질문이 안 끝났는데요?"

"들어 봐야 그게 그거잖아!"

자신에게 불리한 증거를 가지고 갈 생각이 없기 때문에 강재만은 몸을 돌려서 그곳을 벗어나려고 했다.

가이드는 왠지 아쉬운 표정으로 그를 따라나섰다.

하지만 그들은 차에 도착하기 전에 건장한 다른 사내들 때문에 멈춰 설 수밖에 없었다.

"강재만 씨?"

"뭐야, 이 새끼들은?"

세 명의 남자들이 에워싸자 강재만은 더럭 겁이 났다.

필리핀 외곽 쪽은 치안이 좋지 않은 것으로 유명하다.

애초에 자신이 아버지를 여기까지 와서 버린 이유가 뭔가? 가능하면 빨리 죽었으면 하는 마음에서 그런 것이 아닌가?

그런데 건장한 사내들이 다가오자 겁이 난 것이다.

그때 뒤에서 다른 사내 네 명이 더 나타났다.

그들을 본 가이드의 얼굴에 화색이 돌았다.

"늦었습니다."

그가 필리핀어로 말하자 그 남자들, 그러니까 경찰들은 미안하다는 듯 고개를 흔들었다.

　　"어쩌다 보니요."

　　"어? 뭐야, 씨발?"

　　강재만은 상황이 이상하게 돌아간다는 사실을 눈치챘다.

　　처음에 등장한 남자들은 모르겠지만 나중에 등장한 남자들은 경찰복을 입고 있었다. 그리고 그들을 보자마자 가이드의 얼굴이 환해졌다?

　　"뭐야, 씨발. 야! 이거 뭐 하는 짓거리야!"

　　"아, 뭐 하는 짓거리라니요? 나는 나름 준법정신이 투철한 사람이라서요."

　　"뭐?"

　　가이드는 히죽거리면서 경찰들 쪽으로 다가갔다.

　　"당신, 여기에 구속영장 청구되어 있는 거 모르셨나 봐요?"

　　"뭐?"

　　강재만은 당혹해서 어쩔 줄 몰라 했다.

　　구속영장이라니? 자신에게?

　　"그리고 당신에게 현상금도 걸려 있어요."

　　"혀…… 현상금이라니?"

　　"범죄를 저지르고 도주했잖아요. 당연한 거지."

　　"야…… 씨발……. 잠깐만…… 이거 뭐야?"

　　"뭐긴요. 경찰한테 잡혀가는 거지."

경찰들이 다가와서 강재만에게 강제로 수갑을 채우기 시작했다.

뭐라고 하기는 하는데 뭔 말인지는 모르겠다.

가이드는 그들의 말을 들으면서 히죽 웃었다. 그리고 강재만에게 크게 외쳤다.

"아, 다른 건 뭐 통역해 줄 필요 없을 것 같지만 이건 해 줘야겠네. 지금 말하는 건 미란다원칙이에요! 그게 뭔지는 아시죠? 불리하면 묵비권을 행사할 수 있고 변호사를 선임할 수 있으며 블라블라, 뭐 그런 거."

"설마…… 너 이 새끼!"

자신에게 구속영장이 나와 있다는 걸 알고 있고, 신고할 만한 사람은 한 사람뿐이다. 바로 가이드.

"야, 이 새끼야!"

그제야 함정에 빠진 것을 안 그는 목소리를 높이면서 가이드에게 달려들려고 했다.

하지만 이미 경찰이 수갑을 채우고 완전히 제압해 둔 상태였기 때문에 그건 불가능했다.

"뭐, 미안하게 됐수다. 아무래도 돈이 걸린 문제라서 말이지. 설마 몇 푼 되지도 않는 가이드비 때문에 당신한테 그렇게 굽실거린 거라 생각한 거유?"

"너 이 새끼, 죽여 버릴 거야!"

"필리핀 감방에서 살아 나올 수나 있으려나 몰라."

하루에 기껏해야 5만 원밖에 안 되는 가이드 비용이다. 하지만 이놈을 신고하면 포상금이 100만 원이다.

누가 봐도 신고하는 게 훨씬 나은 선택이다.

"필리핀 감옥을 한번 신나게 즐겨 봐요. 과연 살아 나올 수 있을지는 모르지만."

"으아아아! 이 씨발 새끼야!"

자신이 함정에 빠졌다는 걸 알아차린 강재만은 미쳐 날뛰었지만 경찰은 가차 없이 그를 차에 태우고 가 버렸다.

"감사합니다."

가이드는 경찰에게 씩 웃으면서 인사했다.

"저희가 감사하죠. 안 그래도 한국에서 저 새끼를 어떻게 데리고 오나 고민하고 있었거든요."

한국에 달라고 해 봐야 주지도 않을 게 뻔하다. 확정된 죄수가 아니기 때문이다.

그렇다고 그냥 버티자니 수사할 수도 없다.

"그럼 보상금은 계좌로 들어오는 건가요?"

"네. 계좌로 들어갈 겁니다."

"알겠습니다."

"그럼 이만."

적지 않은 보상금이 들어온다는 걸 확인한 가이드는 다시 한 번 씩 웃었다.

그리고 수첩을 꺼내서 이제 곧 들어올 한국인들을 확인하기 시작했다.

"어디 보자, 얼마나 벌 수 있으려나? 후후후……."

⚖️

소문은 빨랐다.

부모를 버린 녀석들이 반대되는 증거를 찾으러 갔다가 현장에서 검거되었다는 소식은 빠른 속도로 주변에 퍼졌다.

당연히 그런 자들의 출국은 뚝 끊어졌다.

하지만 그들도 다급했기 때문에 따로 사람을 보내거나 변호사를 사서 보내는 등 부산하게 움직였다.

그러나 그런 그들의 행동은 의미가 없었다.

"쓸 만한 정보는 못 얻을 거라는 게 이런 거였어?"

손채림은 놀랍다는 듯 말했다.

그럴 수밖에 없는 게, 그들이 가지고 오는 정보는 대부분 본인들에게 불리한 것뿐이었기 때문이다.

"아니, 어떻게 된 거지? 우리가 가진 정보, 가짜 아니었어?"

상황이 맞기는 하지만 그렇다고 그게 진짜 정보가 되는 것은 아니다.

하지만 관련자들이 각국으로 가서 정보를 모으기 시작하자 그와 관련된 정보들이 마치 미리 준비한 것처럼 쏟아지고 있었던 것이다.

"가짜였지."

"그런데 왜 이런 불리한 증언이 나오는 거야? 거기에다 한 두 명도 아니잖아?"

미리 준비했을까? 그럴 가능성은 낮다.

한두 명 증언을 하는 것도 아니고 그 지역 사람들을 통째로 포섭하는 건 불가능하다.

"그거야 우리가 포상했으니까."

"뭐?"

"우리가 그 지역에서 증언한 사람에게 포상했잖아. 그러면 그 지역 사람들은 뭐라고 생각할까?"

"그거야⋯⋯."

"진실을 말해서 정의를 세우자? 아니지. 인간의 생각은 그런 게 아니야. 특히나 옆에서 돈을 버는 걸 보면 더욱 다른 생각이 들지."

'똑같이 거짓말을 해서 돈을 좀 벌어 볼까?'라는 생각.

"그런데 똑같은 상황에서 똑같은 질문을 하는 사람이 나타났어. 사람들은 무슨 이야기를 할까?"

"아⋯⋯ 그렇겠네. 다른 사람에게 들은 걸 그대로 이야기하겠네."

혹시나 자신들에게 떡고물이라도 떨어지지 않을까 하는 생각에 자연스럽게 같은 이야기를 하게 된다.

진실? 실제로는 알지도 못하는 진실에 그들은 관심이 없다.

이것이 법이다

설사 안다고 한들, 돈 한 푼 안 생기는 일에 한국까지 와서 증언해 줄 이유는 없다.

"물론 한두 명쯤 진짜 양심 있는 사람들이 있을지도 모르지. 난 못 봤다, 우리 동네에 그런 일은 없었다 정도?"

"그런데?"

"하지만 백 명이 있었다고 하는데 한 명이 없었다고 하면, 재판부는 뭐라고 받아들일까?"

"허어."

"원래 장안에 호랑이가 나타났다고 세 명 이상 말하면 그건 사실이 되는 거야."

즉, 많은 사람들이 말할수록 그건 진실이 되어 간다.

그런데 지금 진실은 피해자들이 잔인하게 살해되었다는 것뿐이다.

거기에다 노형진이 고발할 때 넣은 증거는 최대한 사망자의 상황과 맞는 걸 고르고 고른 것이다.

굶어 죽거나 강도를 만나서 죽거나 한 경우가 많아서, 그들에게 맞게 증언을 고르는 것은 어려운 일이 아니었다.

"그러니까 증언은 넘치는데 그들은 그걸 뒤집을 수가 없는 거지."

저들이 아무리 노력해도 관련 증거를 뒤집을 수는 없다.

"하지만 그냥 당하고만 있지는 않을 것 같은데?"

손채림은 걱정스럽게 말했다.

저들도 바보는 아니다. 어떻게 해서든 사건을 무마하려고 할 것이다.

더군다나 다른 것도 아니고 살인이다. 그 경우는 단순히 처벌의 문제가 아니게 된다. 재산을 노리고 부모를 버린 경우 그 상속권이 박탈당하기 때문이다.

즉, 유기 치사로 처벌받으면 그들이 부모로부터 물려받은 대부분의 재산을 빼앗긴다는 뜻이다.

"알아. 물론 저들도 나름 뇌물을 쓰겠지."

노형진은 고개를 끄덕거렸다.

"하지만 날아 봤자 부처님 손바닥 안이라는 말은 지금 같은 경우에 쓰는 말이야, 후후후. 그러면 가볍게 서울부터 시작해 볼까? 후후후."

노형진은 미소를 지으면서 말했다.

⚖️

"음……."

상규호 판사는 눈앞에 있는 뇌물을 보면서 침을 꿀떡 삼켰다.

"그 말이 사실인가?"

"그럼요. 사건만 무마해 주신다면 이것만큼 더 드리겠습니다."

"더 준다고?"

"네."

지금 눈앞에 있는 상자에는 무려 1억이라는 돈이 들어 있다.

5만 원권을 꽉꽉 눌러 담은 상자.

얼핏 보면 그저 흔한 음료수 박스일 뿐이다.

'역시 5만 원권을 만든 것은 신의 한 수였어. 흐흐흐.'

1만 원권이 최고액일 때 1억을 담기 위해서는 007가방 정도의 사이즈가 필요했다.

하지만 지금은 음료수 박스 하나 정도면 충분히 들어간다.

그걸 검정 봉투에 덜렁거리면서 가지고 들어가면 누구도 의심하지 못한다.

"조용히 처리해 주시면 됩니다."

"어흠…… . 뭐, 그 정도야 어려운 것도 아니지. 증언도 외국인이 하는 거라면서?"

"그럼요. 한글도 제대로 모르는 멍청한 동남아 새끼가 무슨 증언을 하겠습니까?"

"그건 그렇지, 후후후."

그는 박스를 조용히 상 아래로 내렸다.

"그런 사건은 걱정하지 말게. 내 알아서 하지."

"아이구, 감사합니다."

"별말을. 자네가 나한테 해 준 게 얼마나 많은데, 하하하."

"그럼요, 하하하."

브로커가 사건을 무마해 주는 조건으로 가지고 오는 돈은 적지 않다.

심지어 이번 건은 무려 1억이다. 거기에다 제대로 처리된다면 1억이 또 들어온다.

절대 작은 수익이 아니다.

"날 믿게나, 하하하."

상규호 판사는 크게 웃었다.

무슨 사건이든 무마하는 건 어려운 게 아닐 거라고, 그는쉽게 생각하고 있었다.

⚖

"뭐라고!"

얼마 뒤, 상규호 판사는 자신에게 배당된 사건을 무죄로선고했다.

어려운 일은 아니었다.

명확한 증거가 있는 증언도 아니었고 거기에다 그 증언을한 사람이 외국인이니까 신빙성이 없다는 이유로 증언을 인정하지 않으면 되는 것이었다.

물론 그 정도는 흔하게 일어나는 일이었고, 누구도 신경쓰지 않는 일이었다.

지금까지는.

–저는 베트남에서 한국까지 증언을 하러 왔습니다. 사람이 죽었는데 판사는 내 말을 들어 주지도 않았습니다. 주변 사람들의 증언도 많았습니다. 그 사람들 증언도 녹음해 왔습니다. 하지만 판사가 안 들어 줬습니다.

인터넷에서 돌고 있는 기자회견 동영상.

그걸 본 상규호는 정신이 어찔했다.

"이게 무슨……."

"판사님, 아무래도 일이 커질 것 같습니다."

"그게…… 무슨 말이야? 일이 커지다니?"

"지금까지 증언을 인정해 주지 않았다고 증인이 기자회견을 한 적은 없지 않습니까?"

"그건…… 그런데……."

사실 이 재판은 문제가 될 것이 없어야 정상이었다.

보통 이런 식으로 무죄가 나오면 피해자 가족들이 억울하다고 기자회견을 한다.

하지만 이번 경우는 특수하다.

피해자 가족들, 정확하게는 자녀들이 가해자이고, 무죄가 나온다고 해서 문제가 될 것은 없다.

물론 검찰에서 항소하기는 했지만 그거야 적당히 뇌물을 나눠 주면 어렵지 않게 차단할 수 있을 거라 생각했다.

'증인들이 기자회견을 한다고?'

이건 생각해 본 적도 없고, 실제로 벌어진 적도 없는 일이다.

"이번에는 증인들이 다 함께 기자회견을 한답니다."

"그게 무슨 말이야! 한꺼번에 기자회견을 하다니!"

브로커의 말에 상규호 판사는 다급하게 물었다.

"아무래도 무죄를 내린 게 한두 건이 아니라……."

"뭐야, 씨발. 그러면 서로 알고 있었다 이거야?"

"그런 것 같습니다."

"아니, 그런 중요한 걸 왜 이야기해 주지 않은 거야!"

"그건 저희도 잘……."

브로커도 죽을 맛이었다.

사건을 무마하는 조건으로 적지 않은 돈을 여기저기서 받았다. 무시당한 증인들이 한꺼번에 기자회견을 할 거라고는 생각도 못 했다.

그들이 한두 명도 아니다. 더군다나 해외에서 온 사람들이다.

그들이 기자회견을 하게 되면 뉴스에 오르지 않을 수가 없다.

"거기에다 하필이면 그들이 모두 동남아에서 온 증인들이라……."

"뭐야? 또 다른 문제가 있는 거야?"

"그들의 증언을 모조리 공신력 부족으로 인정해 주지 않았다고, 인종차별로 인권위에 제소한다고……."

"크윽…… 이런 싯팔."

인종차별 문제까지 걸고 넘어지자 그는 아차 하는 생각에 정신이 아찔했다.

그 순간 울리는 벨 소리.

띠리링, 띠리링.

흠칫 놀라서 전화기를 든 상규호 판사의 얼굴은 사정없이 일그러지기 시작했다.

전화를 건 사람은 다름 아닌 부장판사였다.

그리고 그가 전화할 이유는 하나뿐이었다.

⚖

—이번 사건에 대해 법원 감찰부는 대대적인 감사를 하기로 하였습니다. 이번 사건에 대해 아직 조사가 끝난 것은 아니지만…….

뉴스에서는 서울 지방법원의 부장판사가 나와서 사과하면서 전면 재조사를 언급하고 있었다.

그리고 다른 채널에서는 검찰청에 피의자로 출두하고 있는 상규호 판사의 얼굴이 나오고 있었다.

—한마디만 해 주십시오!

—소문처럼 조작한 게 사실입니까!

—기록을 보면 명백하게 증언으로 보이는데, 왜 안 받아들이신 거죠! 진짜로 인종차별주의라서 동남아인의 증언을 인정하지 않으신

겁니까?

　-뇌물을 받았다는 소문이 있던데, 한마디만 해 주십시오!

　-유찬성 의원의 말에 따르면 그렇게 부모를 버린 살인범이 무려 1만 명이 넘는다고 하는데, 그들의 사주를 받은 것이 확실한가요?

　-살인범이 1만 명이나 된다는데, 그 사람들을 뇌물을 받고 풀어 준 게 양심에 안 찔리십니까?

　기자들이 달려들자 그는 다급하게 얼굴을 손으로 가리면서 검찰청 안으로 들어갔다.

　-난 모르는 일입니다! 몰라요!

　노형진은 거기까지 보고 뉴스를 꺼 버렸다.

　더 이상 볼 이유도 없었다.

　"어떻게 안 거야?"

　"뭘?"

　"저 인간한테 뇌물이 갈 거 말이야. 애초에 사건 배당이 누구한테 될지도 모르잖아. 그런데 뇌물을 추적한다는 게 가능해?"

　이미 관련 증거는 다 넘어간 상태다.

　브로커와 함께 음식점에 들어가는 장면. 들어갈 때와 다르게 나올 때에는 검정 봉투를 들고 있는 그의 모습이 찍힌 장면 등등, 이 모든 게 그가 뇌물을 받으리라고 예상하지 못하면 불가능한 일이었다.

"어렵지 않아. 재판은 대부분 정해진 사람이 있거든."

"그게 무슨 소리야? 내정자라도 있다는 거야?"

"내정자라기보다는 전문 판사가 있다는 거지."

민사면 민사 전담 판사가 있고, 형사면 형사 전담 판사가 있다. 모든 판사가 민사와 형사를 하지는 않는다.

"변호사랑 마찬가지야. 민사 전문, 형사 전문이 따로 있잖아."

"그렇다고 해도 저 사람이 뇌물을 받으리라는 걸 안다는 건 너무 억측 아니야? 형사 쪽에도 판사가 한두 명이 아닐 텐데."

"뭐든 다 그렇지만 그 안에서도 나뉘는 법이거든."

"또 나뉘어?"

"그래."

가령 어떤 판사는 폭력 행위에 관한 재판을, 어떤 판사는 사기에 대한 재판을, 어떤 판사는 사이버 범죄에 대한 재판을 전문으로 한다.

판사도 사람이니, 한 사람이 인류의 발전과 범죄의 모든 사항을 다 알 수는 없기 때문이다.

"그러니까 해당 법원에서 이런 사건을 담당하는 판사들은 정해져 있다는 거지."

"아하!"

많아야 다섯 명.

그리고 그들을 감시하는 것은 새론의 능력으로는 어려운

게 아니다.

"더군다나 상대방은 뇌물을 주고 처벌에서 벗어나려고 하고 있어. 그렇다면 이제 임용된 지 얼마 안 된 사람에게 뇌물을 줄까, 아니면 나름 힘을 쓸 수 있는 사람에게 줄까?"

"그렇구나."

"사실상 답은 정해진 거지."

그 점을 생각하면, 뇌물을 받고 사건을 무마할 수 있는 수준의 사람은 두 명 정도.

"그들이 움직이는 걸 보면 누가 뇌물을 받았는지 아는 건 어렵지 않지."

"그래서 증언을 하는 증인들을 모아 둔 거구나?"

"그래."

증인들이 집단으로 모여서 법원에서 우리 증언을 인정해 주지 않는다고 기자회견을 한 적은 없다.

"언제나 최초는 충격적인 법이지."

더군다나 내국인도 아니고 상관없는 외국인이, 한 명도 아니고 여러 명이 그런 기자회견을 한다면 과연 무슨 말이 나올까?

"거기에다 때마침 뇌물을 받는 걸로 의심되는 사진이 시중에 뿌려진다면? 사람들에게는 누가 봐도 뇌물을 받고 증언을 인정하지 않은 것으로 보이겠지."

노형진은 그렇게 말하면서 의자에 기대앉았다.

그리고 지는 해를 보면서 피식거리면서 웃었다.

"그러면 과연 다른 판사들이 뭐라고 할까?"

"부담스러워서라도 무죄는 못 때리겠구나."

"그래."

만일 여기서 무죄를 때려 버리면 누가 봐도 '나는 뇌물을 받았습니다.'라고 인정하는 꼴밖에 되지 않는다.

더군다나 유찬성 의원이 기자회견을 통해서 1만 명이 넘는 살인자가 존재한다고 발표해 버렸다.

"이제 사람들의 머릿속에서는 '부모를 버린 놈=살인자'라는 등식이 성립된 상태야. 그 상황에서 뇌물 사건이 터지고 무죄까지 나왔으니 위에서 무슨 말이 나올지는 뻔하지."

정치적 부담 때문에라도 정부는 이러한 사건에 대해 강력한 처벌을 요구할 수밖에 없다.

벌써 각 국회의원들은 새론이 만든 요양 시설을 찾아서 고개를 숙이고 사진을 찍으며 단호한 처벌을 주장하고 있었다.

'그게 얼마나 가겠느냐마는.'

중요한 건 그들이 얼마나 가느냐가 아니다.

최소한 올해까지는 그 분위기가 이어질 것이고, 그 안에 대부분의 사건이 끝날 것이다.

"더군다나 이번 정부는 돈을 구하기에 혈안이 되어 있잖아."

온 나라를 공사판으로 만들어서 '노가다 정부'라 불리는 현 정권.

"그들이 돈이 들어올 기회를 마다할까?"

부모가 죽었는데 그 자식이 살인범이라면, 재산상속권은 박탈된다. 그리고 그 재산은 국고에 귀속된다.

"못해도 그 재산이 수천억은 될걸."

"흠······."

핑계와 이유가 만들어졌으니 정부는 그냥 꿀꺽하기면 하면 되는 상황.

"아마 교도소를 확장하겠다는 소리도 나올 거야."

정부에서 수천억을 가지고 간다면 수백억은 정치인이 빼돌릴 텐데, 그 정도 벌 수 있다는데 교도소 확장이야 어려운 일이 아니다.

안 그래도 공사판 정부라는 말처럼 공사거리를 찾고 있을 테니까.

"결국 어떤 식으로도 못 빠져나가는 거네?"

"그렇지."

노형진은 자리에서 일어나면서 말했다.

"아마 이제는 해외에다가 버린다는 끔찍한 생각은 못 할걸."

출국자와 귀국자를 확인해 숫자가 부족하면 조사하겠다는 발표가 나왔다. 해외에 유기하는 것을 막기 위해서라면서.

'조만간 내국에 있는 유기 살인범들에게도 조사가 시작될 테고.'

당분간 대한민국은 발칵 뒤집혀서 시끄러울 것이다.

"이런 걸 인과응보라고 하는 거야, 후후후."

먹는 자와 먹히는 자

"이건 뭐······."

사건을 정리하던 손채림은 눈을 찌푸렸다.

인간은 적응하는 동물이라지만 이건 너무 빠르다 싶었다.

때마침 지나가던 노형진은 그런 그녀의 표정을 보고는 칸막이에 고개를 턱 올리고 갸웃하면서 물었다.

"표정이 왜 그리 똥 씹은 표정이야? 뭐 잘못 먹었어?"

"그게 아니라 인간이 혐오스러워져서 그래."

"혐오? 너 상담 안 받았어?"

새론은 전 직원의 정신 상담을 의무화하고 있다.

그건 직원이 미쳐서가 아니라 문제가 생기는 것을 막기 위해서다.

매일같이 인간의 더러운 면을 봐야 하는 직원들의 특성상 염세주의가 쉽게 오고 인간에 대한 불신을 가지는 경우가 많으며 심한 경우 우울증까지 겪기 때문이다.

"받았지. 그래도 이게 상담으로 해결될 문제야?"

"도대체 뭔데?"

"임금 체불."

"임금 체불? 그거, 어느 정도 해결하지 않았어?"

사실 임금 체불은 흔하게 벌어지는 사건 중 하나다.

물론 진짜로 없어서 못 주는 경우야 어쩔 수 없지만, 대부분은 없어서 못 주는 게 아니라 있으면서도 안 주는 경우다.

"이거 봐 봐, 내가 인간 혐오에 안 빠지게 생겼나."

"흐음."

노형진은 사건 기록을 보다가 혀를 끌끌 찰 수밖에 없었다.

편의점에서 폐기 김밥 하나 주워 먹었다고 절도로 고발하고 합의금 대신이라며 300만 원이나 되는 돈을 주지 않는 놈, PC방에서 손님이 돈을 내지 않고 도망갔는데 그걸 핑계로 돈을 주지 않는 놈, 주문이 밀렸는데도 무조건 주문을 받아 두고 너무 늦게 가지고 가서 손님이 반품시키자 그걸 핑계로 돈을 주지 않는 놈, 커피숍에서 커피 한 잔 잘못 내려서 손님이 환불하게 했다고 주지 않는 놈에, 일하다가 다쳐서 병원에 갔다 왔더니 근무 중에 빠져나갔다고 돈을 주지 않는 놈까지 별의별 놈의 인간들이 다 있었다.

"이건 뭐 다양하다 못해서 찬란하기까지 하네."

안 주려고 하는 이유가 너무 많아서 기가 찰 지경이다.

"왜 이렇게 많아? 아니, 애초에 우리한테 이런 게 오는 이유가 뭐야?"

노형진은 고개를 갸웃했다.

이런 사건은 해결 방식이 널리 알려져 있는 데다가 그렇게 중요한 사건이 아니니 자신들에게 올 이유가 없다.

보통은 노동청에 신고해서 받아 내니까.

"거기에다 우리가 만든 채권 추심 업체가 있잖아?"

말 그대로 악착같이 받아 내기로 유명한 곳인지라, 알바비를 받지 못한 수많은 사람들이 찾아오고 있었다.

"거기서 온 사건들이야."

"뭐?"

그곳이 로펌도 아닌데 왜 거기서 사건이 온단 말인가?

"요즘 월급 안 주는 인간들이 아주 악으로 버티고 있대."

"악으로?"

"그래."

"흠……."

"소송을 하고 싶으면 하라는 거야."

"소송이라……."

노형진은 눈 사이가 살짝 찡그러졌다.

애매한 문제이기는 하다.

채권 추심업이라는 것 자체가 그 채권이 확정되어야 힘을 쓸 수 있기 때문이다.

"결국 아예 채권을 인정하지 않는 쪽으로 방향을 잡은 거네."

"그런 것 같아."

그러면 아무리 채권 추심 업체라고 해도 손쓰지 못한다.

그러면 결국 다시 소송으로 가서 확정판결을 받아서 받아 내야 하는데, 그러기 위해서는 소송을 해야 하고 직접 나가지 않는다면 변호사를 사야 하고…….

'지쳐서 나가떨어지게 만들겠다 이거군.'

돈을 받는다는 것은 쉬운 일이 아니다.

특히나 그 금액이 작거나 애매한 경우 상대방은 그걸 포기하기를 원하면서 질질 시간을 끄는 경우가 많았다.

그리고 대부분의 아르바이트생은 소송할 시간적 여유도, 정신적 여유도, 금전적 여유도 없다.

"그냥 확정을 받지 않는다 이거군."

"그러니까."

사실 재판하면 분명히 받아 낼 수는 있다.

하지만 그걸 가지고 몇 달을 싸운다는 건 쉬운 일이 아니다.

더군다나 대부분의 아르바이트생들은 그만둔다고 노는 게 아니다. 다른 곳에서 다른 아르바이트를 해야 한다.

동시에 두세 개를 하는 경우도 있고.

"요즘은 대학이 '인골탑'을 넘어서 '분쇄기'라고 불린다잖아."

이것이법이다

"분쇄기?"

"하도 갈아 넣어서."

"부정을 못 하겠네."

과거에 한국에서 대학을 부를 때 '우골탑'이라고 했다.

부모들이 자식을 대학에 보내기 위해 소를 팔았기 때문이다.

그런데 그 이후에는 '인골탑'이라고 했다.

소를 팔아서 보낼 수 있는 게 아니라서 부모를 팔아서 보냈기 때문이다.

'하지만 지금은 아니지.'

부모를 팔아서 보내는 것으로 부족해서, 이제는 학생도 아르바이트를 하지 않으면 등록금을 감당하지 못하는 시점이 되어 버린 것이다.

"그래서 사방에 아르바이트를 하려고 하는 사람이 많으니까."

"결국은 과다 경쟁이다 이거네."

"그렇지."

일하려고 하는 사람은 많은데 일자리는 없다.

그렇다면 노동자는 고용주의 잘못된 행동에 저항하기가 힘들어진다.

거기에다 한국은 옛날부터 친親고용주 정책을 유지해 왔다. 분쟁이 생기면 일단 사용자 우선이다.

가령 월급을 못 받는 경우, 그걸 다 받아 주는 게 아니라 조정을 통해서 월급의 일부는 차감하고 받아 가도록 피해자를 설득하는 것이 보통이었다.

"요즘은 경기가 안 좋다고 하잖아."

"그건 핑계지."

"그러니까."

진짜 경기가 안 좋아서 돈을 못 주는 사람들은 일단 아르바이트생의 숫자를 줄인다.

손님 열 명이 오던 자리에 두세 명만 오는데 아르바이트생을 네 명씩 쓸 이유는 없으니까.

그 과정에서 내보내는 사람에게 어떻게든 돈은 준다.

이후에 일손이 모자라게 되면 가족끼리 하든가 다른 방법을 강구하는 것이고.

하지만 월급을 주지 않는 곳은 대부분 아르바이트생을 줄이지 않는다.

"물론 진짜로 무슨 사정이 있다면 모르겠지만."

"그런 거라면 여기까지 오지도 않지."

"그렇겠지?"

노동청도 아니고 새론에 왔다는 것은, 그 사람이 아예 주지 않을 작정을 하고 철저하게 무시하고 있다는 뜻이다.

"우리한테 온 곳들은 대부분 그런 식이야."

돈이 없어서 주지 못하는 게 아니라 돈을 주기 싫어서 주지 않는 곳들.

사실 강남 한복판의 레스토랑이 돈이 없어서 월급을 주지 못한다는 건 말도 안 된다.

"더군다나 이거 봐. 대부분 사장이 차를 바꿨다는 말이 나와 있어."

월급 주는 건 아깝지만 자기 새 차를 사는 건 아깝지 않다는 소리다.

"흠……."

노형진은 그걸 보고 머리를 북북 긁었다.

자신이 나설 만한 사건이 아니기는 하다.

사실 손채림이 일하는 것도, 배당되어서 그런 게 아니라 서류가 너무 많아 정리를 도와 달라고 해서 하는 것뿐이고.

"하지만 우리가 해결하기에는 너무 많잖아."

"그건 그렇지."

사건이 한두 개도 아니다. 더군다나 어느 정도 해결할 방법도 구체화되어 있는 상황이다.

그러니 노형진이 나설 만한 사건이 아니다.

"그래도 열 받는 사건이기는 하다."

"그렇기는 하지. 하지만 뭐, 다른 변호사들이 알아서 하겠지."

이런 사건들은 보통 신입들이 많이 한다.

부족한 경험을 쌓기 위해서는 많은 사건을 해 봐야 하기 때문이다.

"뭐, 도움이 필요하면 말하겠지."

노형진은 무심하게 말했다.

어렵지 않게 해결될 거라 생각하면서.

하지만 노형진의 생각과 다르게 사건은 완전히 엉뚱한 방향으로 흐르기 시작했다.

"김 변호사님이 어쩐 일로?"

노형진은 다른 사람도 아닌 김성식이 이런 임금 체불 사건을 맡고 있다는 사실에 깜짝 놀랐다.

사건의 경중을 따지는 것은 아니다.

하지만 그는 대검찰청 중수부 부장 출신의, 소위 인맥과 권력을 가진 전관 변호사다.

그런 그가 왜 고작 몇십만 원에서 몇백만 원짜리 사건을 한단 말인가?

"뭐, 남의 사건 같지가 않아서 말이지."

"네?"

"첫째가 이제 대학 1학년이네."

"아."

"그런데 얼마 전에 아르바이트에서 잘렸더군."

"네?"

다른 사람도 아니고 김성식의 자녀가 아르바이트를 할 이유가 도대체 뭔지 알 수가 없었다.

"말 안 했나?"

"네. 자녀가 있다는 건 알고 있었습니다만."

"그 녀석, 법대생이야. 로스쿨에 진학할 예정이지."

"아……."

로스쿨이 생겼다고 해서 법대가 바로 사라진 건 아니다. 로스쿨은 엄밀하게 말하면 대학원이기 때문이다.

그러니 대학을 나와야 아무래도 그곳에 다니기 쉽다.

"하지만 경험이 없다면 사건을 볼 수도 없지. 최소한 새론에서 내가 배운 건 그것일세."

"그거야 그렇지요. 아, 그래서……."

"그래."

경험이 없는 생활에 대해 판사가 공정한 시선을 가질 수는 없다.

판사를 지망하는 아들을 위해서라도 김성식은 그에게 용돈 정도는 스스로 벌라고 시켰던 것.

"그런데 PC방에서 잘렸더군. 월급도 못 받고 말이야."

"헐."

"그 이유도 무척이나 웃겨."

PC방에서 일하다 보면 별의별 미친놈이 다 있기 마련이다.

PC방을 모텔처럼 사용하느라 야간 정액을 끊어 두고 잠만 자는 놈은 양반이다.

어떤 놈들은 아예 거기서 먹고 자고 씻으면서 생활하려고 한다.

"그런데 왜 잘린 거랍니까?"

"애들 싸움이 좀 커졌거든."

"애들 싸움?"

"그래. 초등학생들이 문제를 일으켰거든."

초등학생들이 게임을 하다가 지니까 화가 나서 키보드를 부숴 버렸다.

그런데 요즘은 PC방에서 쓰는 키보드도 싼 게 아니다.

게임하기에 좋은 기계식을 많이 쓰는데, 가격이 몇만 원 이상 하는 게 보통이다.

그래서 그 배상을 받으려고 부모를 불렀더니 부모가 그 책임을 아르바이트하던 아들에게 떠넘긴 것.

"그건 말이 안 되잖아요?"

"뭐, 말이야 된다면 되는 거지. 애초에 애들이 한 게임도 15세 이용가였으니까."

"아하!"

결국 제대로 그걸 막지 못했다는 이유로 아들은 독박을 뒤집어썼고, PC방 사장은 부서진 키보드에 대한 배상과 분란에 대한 책임을 물어 돈도 주지 않고 잘라 버렸던 것.

"그래서 한 150만 정도 못 받았지."

"미쳤군요."

기계식 키보드라고 하지만 PC방에서 쓰는 게 고가는 아닐 것이다.

결국 6만 원 정도일 텐데, 그걸 핑계로 무려 150만 원이나 안 주다니.

"그래서 내가 해결하려고 전화했더니 사장이 나보고 뭐라고 했는지 아나?"

"뭐라고 하던가요?"

"세상 그렇게 살지 말라고, 세상을 유도리 있게 살아야 한다고 하더군."

"김 변호사님한테요?"

"그래."

'이건 뭐, 신종 자살법인가?'

중수부장 출신의 변호사에게 PC방 업주가 유도리 있게 살라고 따끔하게 일침을 한다라.

"그래서 나도 유도리를 보여 줬지."

"네?"

"유도리 있게, 내가 아는 세무서장한테 전화 한 통 넣었지."

"쯧쯧."

노형진은 혀를 끌끌 찼다.

물론 권력을 이런 식으로 쓰면 안 된다고들 한다.

하지만 누구도 그 말을 지키지 않는 게 한국이다.

하물며 이 경우에는 저쪽이 먼저 도발했다.

"유도리라는 것은 상대적인 거 아닌가?"

"그렇지요, 하하하."

아르바이트생을 등쳐 먹는 게 그의 유도리라면, 그런 사장을 털어 내 주는 게 김성식의 유도리다.

죽이겠다고 덤벼든 것도 아니고 전화 한 통 한 것뿐이다.

물론 그로 인한 세무조사의 책임은 그 PC방 사장이 질 것이다.

그가 만일 양심적으로 세금을 내고 영업했다면 문제없이 넘어갈 것이고, 그가 제대로 세금도 내지 않고 돈을 빼돌렸다면 아마도 영혼까지 털리겠지.

'하지만 척 봐도 후자군.'

멀쩡한 아르바이트생에게 돈도 주지 않으려고 하는 놈이 세금을 제대로 내려고 했을 리는 없을 테니까.

"말 그대로 유도리 있는 삶을 보여 주고 있는 거지."

"틀린 말은 아니네요, 후후후."

유도리 있게 밟아 달라고 한 거니까.

"그런데 여기에 와서 보니 그런 아이들이 많더군."

"그래서 하겠다고 하신 겁니까?"

"차라리 내 이름으로 나서는 게 더 빨라. 중수부장 출신인 내가 나서면 알아서 돈을 주거든."

"아아."

노형진은 김성식이 왜 그런 말을 하는지 알 것 같았다.

이것이 법이다

지금 저쪽은 끝까지 돈을 주지 않기 위해 시간을 끄는 방법을 쓰는 중이다. 그러니 이쪽에서 소송을 건다고 해도 순순히 물러나지는 않는다.

하지만 상대방이 중수부장 출신 변호사라고 하면 겁먹고 꼬리를 말고 돈을 주는 사람이 제법 있었던 것.

"내가 나섰다기보다는 그냥 이름을 빌려준 거지."

"그렇군요."

변호사 이름을 한 명만 올리라는 법은 없다.

김성식은 이름을 빌려주고 출석은 다른 변호사가 나가도 된다.

일단 이름만 올려 두면 누가 가든 상관은 없으니까.

"그런데 왜 절 보자고 하신 건가요?"

"그래도 버티는 놈들이 적지 않아서 말이지."

"네?"

"상대쪽에서도 머리를 쓰기 시작하는 것 같더군. 내가 매번 청탁을 넣을 수는 없지 않나?"

그러니까 아예 버티기로 나오기 시작한다는 것.

"인간이 참…… 간사하네요."

"적응하는 거지."

"도대체 왜 좋지 않은 쪽으로만 적응하는지 모르겠네요."

"그러니까 말이야."

김성식은 한숨만 나왔다.

"아무리 소송해도 끝이 안 보여. 처벌도 너무 약하고."

"그런가요?"

"그래. 하는 놈은 계속하거든. 내가 똑같은 사장을 벌써 세 번 만났네. 이해가 가나?"

"세 번요?"

"그래."

"너무한데요?"

그가 사건에 이름을 올린 게 얼마 되지 않았다.

그런데 똑같은 사람을 세 번 만났다는 것은, 다시 말하면 피해자가 세 명이라는 소리이며 그 사장이 상습범이라는 뜻이다.

"아무래도 집단소송을 해야 하나 싶어."

"집단소송이라……."

노형진은 눈을 찌푸렸다.

"그건 좀 무리이지 싶은데요."

일단 당사자가 너무 많다.

그리고 집단소송을 하기에는 비용에 비해 수익이 너무 적다.

물론 돈만 보고 하는 일이 아니기는 하지만.

"결정적으로 사건이 무한대일 테니까요."

"무한대?"

"네. 애초에 집단소송의 목적은 현재의 상황을 끝내는 데 있는데, 그게 가능하지가 않잖아요?"

이것이 법이다

"아아……."

집단소송의 목적은 현재 벌어지고 있는 법적 불이익을 없애고 공정한 법률 지원을 하는 것이다.

그러기 위해서는 피해가 특정인들에게 집중되거나 특정 지역으로 한정되어야 한다.

가령 어떤 공사로 인해 소음이 발생하거나 하는 식으로 말이다.

"그런데 이건 너무 광범위해서요."

"그렇군."

전 국민을 대상으로 소송할 수는 없는 노릇이다.

전국에 돈을 주지 않는 인간들이 한두 명도 아니고 말이다.

"집단소송은 아무래도 무리가 있을 것 같은데요."

"흠……."

김성식은 안타깝다는 표정이 되었다.

"우리 아들 같은데 말이지."

그는 머리를 북북 긁었다.

'하긴, 이건 한번 해결하고 넘어가기는 해야겠는데.'

노형진 역시 그런 김성식을 보면서 속으로 중얼거렸다.

'경험이라고 할 수는 없는 노릇이잖아?'

어떤 정치인은 이런 걸 그냥 경험이라고 생각하고 넘어가라고 했다. 어떤 정치인은 그냥 공동체를 위해 희생한다고 생각하라고 했고.

'그런데 웃긴 건, 그런 정치인들이야말로 이권에 목숨을 건다는 거지.'

아마도 말은 저렇게 하지만 자신들에게 지급되는 돈을 깎자고 하면 볼 것도 없이 빨갱이 새끼라고 욕을 하면서 죽이려고 달려들 게 뻔했다.

자기 일이 아니니까 쉽게 이야기하는 것이다.

그리고 자신이 뭘 하든 이해하지 못하니까.

"이것 참. 이럴 때는 법이 만능은 아니라니까."

김성식은 안타깝다는 듯 말했다.

그때 그런 김성식을 보던 노형진의 머릿속에 뭔가가 스쳐 지나갔다.

"표정이 왜 그러나?"

"아니, 법은 만능이 아니지만 그 법을 이용하는 인간은 만능이 될 것 같아서요."

"응?"

"방금 좋은 생각이 났습니다."

노형진은 씩, 미소를 떠올렸다.

⚖️

얼마 전, 노형진의 전담 투자 상담가인 로버트는 노형진에게 세금에 대한 문제를 이야기한 적이 있다.

이것이 법이다

최대한 내지 않으려고 노력하지만 세금을 아예 내지 않을 방법은 없다고.

물론 노형진은 절세는 할지언정 탈세할 생각은 없었기 때문에 그 부분에 대해 동의했다.

오늘 아침까지는.

"재단을 만들 겁니다."

노형진의 말에 다들 어리둥절한 표정이 되었다.

아침부터 회의랍시고 사람들을 모아서 한다는 이야기가 재단을 만든다니?

"어떤 재단을 만들자는 건가?"

"사회에 도움이 되는 재단을 만들어야지요, 당연히."

"말하는 걸 보아하니 아무래도 우리는 상관없이 자네가 개인적으로 만들려고 하는 것 같은데, 맞나?"

"맞습니다."

"그런데 왜 우리한테 이야기를 하는 거지? 물론 우리가 도와줄 수도 있겠지만."

송정한은 고개를 갸웃했다.

노형진은 재단을 만들 때 도움이 필요한 사람이 아니다.

법에 대해 누구보다 잘 아는 사람이 바로 노형진이다. 그런데 자신들에게 도움을 요청할 리 없지 않은가?

그렇다고 재단의 관리를 새론에 맡길 것도 아니고.

"제 재단은 좀 다릅니다."

"다르다니?"

"지금까지 없던 재단이고, 아마도 미래에도 없을 재단이거든요."

"미래에도 없을 재단?"

"네."

"그게 뭔데?"

"제가 만들고자 하는 재단은 '복수' 재단입니다."

노형진의 말에 사람들은 다들 이해하지 못하고 잠깐 침묵을 지켰다.

'복수' 재단이라니?

재단이라는 단어 자체는 문제가 안 된다. 결국 문제가 되는 것은 '복수'라는 단어인데.

"재단을 여러 개 만들겠다는 건가?"

노형진의 말에 김성식은 잠깐 생각하다가 물었다.

사전상에는 '복수'라는 형태의 다양한 동음이의어들이 있다.

하지만 단 하나의 단어를 제외하고는 전부 재단과 어울리지 않는 단어들뿐이다.

"아니요."

"그러면?"

"제가 말하는 복수는 여러 가지를 뜻하는 게 아닙니다."

"뭐? 그러면?"

"사람들이 일반적으로 생각하는 그 복수가 맞습니다."

다들 입을 쩍 벌렸다.

사람들이 일반적으로 생각하는 그 '복수'.

그건 다름 아닌 타인에게 보복하는 행동을 뜻한다.

"그걸 하는 재단을 만들겠다고?"

"네."

"자네, 미쳤나?"

"사적제재는 법에서 절대 인정하지 않는 행동이야."

송정한도 김성식도 어이없다는 듯 말했다.

"그런 곳이 허가될 리가 없지 않습니까?"

"복수라니? 아니, 무슨 복수를 하려고? 누굴 죽이려고 작정한 거야?"

심지어 무태식과 손채림 역시 당혹스러운 표정으로 말했다.

"복수의 방법에 죽이는 것만 있는 건 아니지요. 그리고 사적제재를 가하는 경우가 아예 없는 건 아니지 않습니까?"

"뭐?"

"엄밀하게 말하면 핑계를 대고 돈을 주지 않는 것도 사적제재 아닌가요?"

"끄응······."

맞는 말이다.

어찌 되었건 핑계란 상대방에 대한 불이익을 정당화하기 위한 것이다.

그리고 그걸 내밀며 돈을 주지 않는 것 역시 사적제재라고 볼 수 있다.

"결국 이 문제도 성매매랑 똑같다고 봅니다. 잘못된 것이고 고쳐야 하는 부분이지만, 반대로 인정할 수밖에 없는 사회적 현실이지요."

"흠……."

성매매뿐만이 아니다. 사회적으로 좋지 않다고 생각되는 것이 얼마나 많은가?

하지만 그중 몇몇은, 그럼에도 불구하고 없애지 못하는 것이 현실이다. 그건 인정할 수밖에 없다.

"인정하는 것부터가 문제 해결의 핵심입니다. 그건 다들 아시잖아요?"

"그건 그렇지."

송정한 역시 인정한다는 듯 고개를 끄덕거렸다.

"하지만 그렇다고 해도 변호사가 직접 사적제재를 한다는 건 좀…… 안 좋아 보이는데?"

"변호사로서가 아니라 재단을 통해서 할 겁니다."

"달라지는 건 없지 않나?"

"달라지는 건 많지요. 가장 중요한 것은 법이 허용하는 선에서 사적제재를 하면 된다는 거죠."

"응? 그게 무슨 소리인가?"

"법이 허용하는 사적제재라니?"

"말 그대로 법을 이용해서 복수해 주는 거죠."

"그건 변호사가 해 주잖아?"

법을 이용해서 소송을 하고 손해배상을 하고 처벌을 받게 하는 것. 그게 변호사가 하는 일이다.

그런데 그걸 하는 재단을 만들겠다고?

노형진은 의아한 표정으로 자신에게 쏠린 시선에 미소로 답하면서 계속 말을 이어 갔다.

"하지만 법에는 한계가 있지요. 그건 김 변호사님이 겪어 보셨으니까 잘 아시겠죠."

"음…… 알지."

김성식은 고개를 끄덕거렸다.

차라리 큰 사건이면 한 건만 해결하면 그만인데, 이렇게 작은 임금 체불 사건이면 피로만 쌓이고 돈만 들 뿐, 법으로 보호하는 데 한계가 있다.

"왜 그럴까요?"

"글쎄……."

다들 왜 그럴까 하고 고개를 갸웃했다.

가장 먼저 입을 연 것은 다름 아닌 손채림이었다.

"아마도 당사자의 문제가 아닐까?"

"당사자?"

"네. 다른 사건들은 갑과 을의 싸움이잖아요. 하지만 이건 고용인이 상대적으로 갑이기는 하지만 사회적으로 보면 을이 거든요. 제가 봐서는 을 대 을의 싸움이 되는 것 같은데요?"

"을대 을의 싸움이라······."

송정한은 그 말을 계속 중얼거렸다.

"그러고 보니 갑과 을의 싸움보다는 을과 을의 싸움이 더 많기는 하군."

"그럴 수밖에요."

상대방이 갑이면 소송해서 뭔가를 받아 내려고 하는 것이 힘들거나 아예 불가능에 가깝다. 그래서 포기하는 사람들이 적지 않다.

실제로 대기업이 아르바이트생의 임금을 주지 않은 적이 있는데, 그 돈이 무려 30억이었다.

웃긴 것은 그 프랜차이즈의 그해 매출이 40억이라는 것.

그러니까 수익의 대부분을 인건비 포탈로 뽑아낸 것이다.

"을이라는 가면을 쓰고 있다고 표현하는 게 맞을 겁니다."

노형진은 사람들에게 확실하게 말해 주기로 했다.

"한국에는 소상공인이 엄청나게 많습니다. 사회적으로 그들은 을이라는 가면을 쓰고 활동하지요. 하지만 을이 아닌 경우가 대부분이지요."

강남에서 200평짜리 가게를 운영하는 사람을 을이라고 부르기에는 어폐가 있다.

하지만 사회적으로 그들은 결국 건물주 아래에 있는 을이다.

"문제는 소상공인이라고 무조건 봐주는 한국의 문화지요."

약자면 무조건 봐줘야 한다, 그렇게 생각하는 사람들이 많다.

그리고 일부 악덕 상인들은 그 부분을 파고든다.

돈을 주지도 않고, 재판을 할 때는 돈이 없어서 죽는다면서 곡소리를 낸다.

그래 놓고 정작 재판을 끝내고 나갈 때는 최고급 외제 승용차를 타고 가고.

"제가 느낀 게 뭐냐면 사람은 착해서 가난한 거지, 가난해서 착한 게 아니라는 겁니다. 가난하지만 더럽고 치사하고 악마 같은 놈들이 있습니다. 그들은 을의 자리에 있지만 을이 아니지요."

"음......."

"생각해 보세요, 갑이라고 할 수도 없는 사람들이 갑질하는 경우도 많지 않습니까?"

"그렇지."

"아, '진상을 만나다'에서도 그래요."

'진상을 만나다'는 노형진이 만든 인터넷 프로그램이다.

사회적으로 문제를 일으키는 악덕 진상들을 고발하는 프로그램.

그런데 의외로 그 프로그램으로 고발되는 사람들 중 3분의 1 정도는 갑이라고 할 수 없는 가난한 사람들이었다.

"그들은 자신이 을이라는 걸 압니다. 그래서 스트레스를 자기보다 더 낮은 사람에게 푸는 거죠."

"그런데 자네가 말하는 복수재단이 무슨 의미가 있다는 건가?"

"말 그대로입니다. 복수를 해 주는 거죠."

"폭행이나 협박은 불법일세. 영업 방해를 하는 것도 안 되고."

법을 어기는 것은 절대로 해서는 안 되는 일이다.

아무리 재단이라고 해도 정부에서 그런 곳을 허가해 줄 리도 없고.

"제가 아는 정치인분에게 들은 말이 있습니다."

"응? 정치인? 자네는 정치인과 거리가 좀 있잖아?"

송정한은 고개를 갸웃했다.

노형진이 스스로 정치와 거리를 둔다는 것을 알고 있기 때문이다.

물론 그 정치인은 회귀 전에 알던 이였다.

'그러고 보니 그도 이제 슬슬 입문을 할 때군.'

그를 생각하던 노형진은 문득 미소 지었다.

복수재단을 만들면 복수할 만한 놈이 한 놈 생각나서였다.

"좋은 걸로 만난 정치인은 아니거든요."

"아……."

약간 안타까운 표정이 되는 사람들.

물론 미안할 것은 없다. 이제는 그가 다시 정계에 나올 일은 없을 테니까.

"그에 대한 소송을 했을 때, 그가 저한테 그러더군요. 내가 힘이 없어서 널 뜨게는 못 해도 망하게는 할 수 있다고."

"응? 그게 무슨 소리인가?"

"말 그대로입니다. 사람을 흥하게 하는 건 쉬운 일이 아닙니다. 말 그대로 천운이라는 말처럼 하늘이 기회를 줘야 하지요."

"그런데?"

"하지만 반대로 망하게 하는 건 쉬운 겁니다."

"설마…… 복수라는 게……?"

노형진은 고개를 끄덕거렸다.

"망하게 해 주는 겁니다, 확실하게."

⚖️

노형진의 계획은 간단했다.

재단을 만들어서 이런 식으로 상습적으로 임금을 주지 않고 버티는 놈들을 망하게 하는 것.

"방송으로 내보내는 게 좋지 않아?"

관련 서류를 보면서 손채림은 고개를 갸웃하며 물었다.

"너무 효과가 미미해. '진상을 만나다'라는 프로그램이 어느 정도 효과를 발휘하긴 하지만 그렇다고 해서 진상이 박멸되는 건 아니잖아?"

"그건 그렇지."

매주 한 편이라고 해도 1년에 고작 쉰두 명이다.

그러니 '자기는 안 걸리겠지.'라고 생각해서 진상 짓을 하는 놈들은 여전히 존재하고 있었다.

"하물며 숫자가 적은 진상도 그 지경이야. 숫자도 많고 거기에 돈까지 걸린 놈들이 쉽게 물러나겠어?"

"그런가?"

"그래. 애초에 한두 명 당하는 걸로 정신 차릴 놈들도 아니고. 진상은 처벌을 받지 않지만 이건 처벌받잖아."

"하긴."

즉, 직접적으로 불이익을 받는데도 불구하고 끝까지 월급을 주지 않으면서 버틴다는 것은, 그렇게 해서 버는 돈이 벌금보다 많기 때문이라는 것이다.

"거기에다가 상호만 바꾸면 가게는 얼마든지 새로 낼 수 있어. 안 그래?"

"그건 그렇지."

실제로도 그런 경우는 많다.

상습적으로 월급을 주지 않아서 소문이 났다 싶으면 그냥 간판만 바꿔 다는 것이다. 그리고 그다음부터 다시 시작.

"그러니까 그걸 막기 위해서라도 본을 보여야지."

"일벌백계라는 거지?"

"그래."

노형진이 단순히 자신이 직접 망하게 하는 게 아니라 복수 재단이라는 것을 만들어 망하게 하려는 것은 그러한 일벌백계를 실천하기 위해서였다.

"만일 내가 그냥 망하게 하는 거라면 아마도 소문이 나지 않겠지."

변호사로서 의뢰인을 위해 움직인 것뿐이고 그것에 대해 소문이 나겠지만, 다들 그다지 어렵지 않게 생각할 것이다.

일단 의뢰인이 노형진만 찾아가지 않으면 된다고 생각할 테니까.

"이미 그런 건 김성식 변호사님에게서도 드러나잖아."

처음에는 전관 출신의 그의 눈치를 보면서 소송을 포기하고 돈을 주던 작자들이, 어느 사이엔가 줄 돈이 없다면서 소송으로 돌아서고 있다는 소식.

"전관이라고 해도 진짜로 청탁을 쓸 만한 대상이 아니라는 걸 안 거지."

"흠……."

"결국 가장 좋은 것은 누군가가 계속해서 시장을 감시하면서 지속적으로 불이익을 주는 거야."

"그게 네가 말한 복수재단이고?"

"그래. 어차피 공익 차원에서 재단을 만들어 움직여야 나도 세금을 깎을 수 있으니까."

아무것도 하지 않고 세금만 빼 가는 정부에 주느니 차라리 그 돈으로 공익적 활동을 하고 세금을 아끼는 것이 노형진의 목표였다.

물론 예상보다 더 많은 돈이 나갈 수도 있다.

하지만 상관없다. 그 정도는 얼마든지 벌 수 있으니까.

"하지만 여전히 이해가 가지 않는 게 있는데, 방법은 어떻게 하려고?"

그런 복수를 해 주겠다고 하면 부탁하거나 의뢰하는 사람은 많을 것이다.

아니, 인터넷을 조금만 뒤지면 그런 생양아치들을 찾는 것은 어려운 일이 아니다.

문제는 방법이다.

"불매운동을 하는 건 너무 흔하지 않아?"

만일 피해를 주려고 한다면 가장 확실한 방법은 불매운동이다.

그런데 이 불매운동이라는 것이 애매하다.

"너무 과하면 불법이고, 그렇다고 제대로 하지 않으면 효과가 없고. 차라리 공장이나 기업이라면 규모가 있으니 불매운동이라도 해 보겠는데, 동네에서 장사하는 가게들을 대상으로 불매운동을 할 수는 없잖아?"

가령 인터넷에서 '불매운동을 합시다.'라고 하면 그건 불법이 아니다.

한때 기업들이 그마저도 불법으로 만들려고 노력하기는 했지만, 대법원은 그러한 행동은 합법의 영역이라고 판시했다.

문제는 그렇게 입소문으로 불매운동을 하는 대상은 대기업이나 규모가 되는 경우라는 것.

"우리가 싸워야 하는 곳은 대부분 규모가 작아."

규모가 큰 곳은 임금을 주지 않는 경우가 드물다. 일단 사람들의 눈이 있기 때문이다.

즉, 대기업인데도 돈을 주지 않는 곳은 이미 막장이라는 소리다.

망해 간다는 확실한 증거라고나 할까?

그래서 사람들의 생각과 다르게 개인이 하는 가게들이 임금을 주지 않는 경우가 더 많다.

"만일 불매운동을 하려면 전단지를 뿌리거나 앞에 무슨 광고판 같은 것이라도 달아야 해. 그런데 그건 명백하게 업무방해잖아."

입에서 입으로 전해지는 게 아니라 광고를 하는 순간부터 그건 불매운동이 아니라 법적인 영역인 업무방해에 들어간다.

"그렇다고 하루 종일 가게 앞에 서서 '이곳은 월급도 주지 않는 곳입니다. 이용하지 맙시다.'라고 알릴 수도 없고."

물론 당연히 업무방해에 들어간다.

"사실 대기업도 아니고 작은 가게를 대상으로, 그것도 콕 집어서 불매운동을 하는 건 힘들걸. 온 동네에 대자보를 붙이는 것도 아니고."

물론 인터넷에 월급을 주지 않는다고 올릴 수는 있다.

하지만 그 효과가 얼마나 갈까?

일주일? 사흘이나 가면 다행이다.

그런 사건은 너무 많아서 아마 채 사흘도 되기 전에 묻혀 버릴 것이다.

애초에 이슈화될 가능성조차 없다.

"알아."

노형진은 고개를 끄덕거렸다.

그런 문제에 대해 고민하지 않은 게 아니다.

"하지만 이미 해결책은 만들어 놨어."

"만들어 놨다고?"

"그래. 내가 말했잖아, 뜨게 하는 건 힘들지만 망하게 하는 건 쉽다고. 후후후."

망하게 해 드립니다

재단을 설립하는 것은 어려운 일이 아니었다.

물론 몇 가지 법적인 문제가 있었지만 그걸 피해 가는 건 일도 아니다.

가령 복수 같은 것은 당연히 재단의 허가가 나올 리 없는 사항이다.

그러나 아 다르고 어 다른 게 법이라고 했다.

복수라는 말 대신에 사회적 평등과 공헌이 목적이라고 슬쩍 고치면 허가를 받아 내는 것은 어려운 일이 아니었다.

인원이야 대충 집어넣으면 그만이고.

"중요한 건 직원인데."

"직원은 이제 뽑아야지."

"어떻게?"

"잘."

말장난 같은 노형진의 대거리에 눈을 찌푸리는 손채림.

그걸 보고 있던 김성식은 노형진에게 피식 웃으면서 말을 건넸다.

그는 이번 사건에 관심이 많다면서, 직접 도와주겠다고 사건에 끼어들었다. 엄밀하게 말하면 이건 의뢰도 아닌데 말이다.

"생각한 게 있나 보구먼."

"생각한 게 있다기보다는, 자연스럽게 모일 수밖에 없다는 거죠."

"하지만 사람이라고는 단 두 명뿐이지 않나?"

인터넷 홈페이지 관리 한 명, 회계 한 명.

커다란 사무실에 덜렁 두 명 있는 것은 왠지 어색하다 못해서 공허할 정도다.

"제가 원하는 건 월급 받고 일하는 사람이 아닙니다. 좀 더 공격적으로 원한을 풀어 줄 사람을 원하는 거죠. 복수재단이 왜 복수재단인지 확실하게 알려 줄 수 있는 사람."

"피해자군."

"네."

노형진은 고개를 끄덕거렸다.

"피해자는 복수를 하고 싶어 합니다. 하지만 정작 피해자가 복수를 하는 것은 상당히 힘들죠."

이것이 법이다

사회적 문제도 있지만 현실적인 문제도 있다.

당장 생활비도 없는 판에 복수하겠다고 쫓아다닐 수는 없으니까.

"물론 의뢰를 받아서 대신할 수도 있겠지만 그건 복수가 아니지요. 복수는 어디까지나 자신의 손으로 해야 하는 겁니다."

"그건 그렇지."

손채림도 격하게 공감한다는 듯 고개를 끄덕거렸다.

남이 해 준 복수는 복수가 아니다. 자신의 손으로 상대방을 무너트리는 것이 진짜 복수의 완성이다.

"그리고 그들이 복수할 수 있게 우리가 도와주는 거지요."

즉, 복수를 원한다면 이곳에서 일하면 된다. 그러면 월급까지 지원해 주겠다는 것이다.

처음에는 숫자가 좀 부족하겠지만 그중 일부는 복수가 끝나도 여기서 계속 근무하기를 원할 수도 있고, 그러다 보면 자연스럽게 인원은 늘어날 것이다.

"그때까지는 뭐, 일당 알바를 쓰든가 해야지요."

"그나저나 이거 원, 복수 복수 하니까 참 살벌하게 들리는군."

"하하하. 뭐, 복수라는 게 사람을 죽이고 두들겨 패거나 납치하고 그러는 것만 있는 게 아니니까요."

"그 점이 참 궁금하단 말이야. 그래서 끼어든 거긴 하지만."

복수하기 위해서는 상대방에게 피해를 줄 수밖에 없다.

그런데 그런 건 누가 봐도 업무방해에 해당되는 범죄 사항이다.

그런데 그런 걸 피하면서 복수하겠다니.

"그러면 피해자는 어떻게 찾을 건가?"

"아, 그 부분은 걱정하지 마세요. 이미 찾아 놨으니까."

"뭐?"

"김 변호사님이 많이 알고 계시지 않습니까?"

"아아, 새론 말이군."

"네."

새론까지 오는 건 말 그대로 극한에 몰린 사건들이다.

대부분의 사람들이 결국 포기하는 데 반해서 어떻게 해서든 받아 내겠다고 덤비는 사람들.

그런 사람들이니 복수를 싫어하지는 않을 것이다.

"더군다나 이런 곳에 오는 사건들은 대부분 악질이지요."

"그렇지."

돈이 없어서 못 주는 경우라면 피해자들이 변호사까지 사지 않는다.

그 금액이 작은 경우 대부분 노동청 정도에서 끝난다.

그럼에도 불구하고 여기까지 온다는 건, 금액도 크고 상대방이 악질적인 인간이라는 소리다.

"그리고 한 분한테 제가 연락을 좀 해 봤습니다."

"한 분?"

"마침 적당한 분이 계시더군요. 아실 겁니다, 아실라 커피라고."

"아실라 커피!"

손채림도 기억난다는 듯 손바닥을 딱 쳤다.

"그거 완전 딱인데?"

"그렇군."

"그러면 이제부터 복수해 보지요, 후후후."

⚖

아실라 커피.

대학로에 있는 커피숍이다.

1층부터 3층까지 쓰는 초대형 커피숍이고, 위치가 위치다 보니 매일같이 손님이 바글거리는 핫 플레이스 같은 곳이다.

일단은 말이다.

"하지만 돈을 안 줘요."

민정아는 이를 박박 갈면서 말했다.

"저 혼자 밀린 게 3개월 치예요. 다른 아이들은 말도 못 하고요."

"그러면 소문이 나서 아르바이트생이 안 오지 않나요?"

"모든 사람들이 다 아는 건 아니니까요. 거기에다 그 새 끼, 이름을 매년 한 번씩 바꿔요."

아실라 커피 전에는 융드립 커피, 그 전에는 오스카, 그

전에는 클라우드 같은 식으로 자주 이름을 바꿔서 잘 모르는 사람들은 그곳이 전혀 다른 곳이라고 생각하고 온다는 것.

"처음에는 잘 주지요. 그러다가 이름 바꿀 때쯤 되면 체불이 시작돼요."

한 3개월쯤 지나면 갑자기 이름을 바꾼다. 그리고 기존에 일하던 사람들을 돈을 주지 않고 쫓아내고 새로운 사람들을 뽑는 것이다.

"그런데 그러면 뭐, 압류라도 해서 받아 낼 수 있지 않나?"

김성식은 고개를 갸웃하면서 물었다.

아무리 이름이 바뀌었다고 해도 일단 사업자가 같으니 그 책임을 묻는 건 어렵지 않기 때문이다.

"그냥 주지 않는 거라면 그렇지요. 그 인간 완전히 개새끼예요."

민정아는 치를 떨었다.

"커피라도 한 잔 내려 마시면 그거 녹화해 뒀다가 절도로 고발해 버리고, 시재라도 안 맞으면 횡령으로 고발해 버려요. 심지어 생리 때문에 아파서 쉰다고 하면 말로는 흔쾌히 그러라고 하고 근무 태만으로 기록해 버린다니까요."

"음……."

"사람이 실수 하나 안 할 수는 없잖아요."

"그건 그렇지요."

손채림도 이해가 간다는 듯 고개를 끄덕거렸다.

이것이 법이다

커피숍에서 일하다 보면 주문을 잘못 들어서 커피가 잘못 나오는 수가 종종 있다.

그러면 그걸 보통 버리든가 먹든가 하는데, 그걸 절도로 몰아가는 것이다.

"그것뿐만이 아니에요."

아무래도 탁 트인 커피숍이다 보니 관리하기가 힘들다. 그래서 뭔가 파손되는 경우도 있다.

"머그잔이 깨지면 그것도 월급에서 깐다니까요."

"그건 깬 사람이 책임져야 하는 거 아닌가?"

"그게 문제죠."

보통은 깬 사람이 현금이나 카드로 배상을 하고 나간다.

그런데 그건 기록에 남아도 정확하지 않다.

현금으로 냈다고 하면 기록에 남지 않고, 카드로 냈다고 해도 그게 다른 서비스의 대가인지 머그잔 가격인지는 표시가 되지 않는다.

"그리고 내부 CCTV에 찍힌 걸 핑계로 독박을 씌우는 거죠."

나중에 그만둘 때 갑자기 그 기록을 꺼내서 네가 깬 거니까 책임을 져라 하는 식으로 물고 늘어진다는 것.

그걸 깬 사람이 누군지도 모르니 배상을 받았다고 항변할 수도 없다.

"그렇게 해서 버틴다는 게 이해가 가지 않는데?"

김성식은 고개를 갸웃했다.

보통 그런 곳은 얼마 안 가서 망하기 때문이다.

"대학로니까요. 사실 단골손님보다 뜨내기손님이 더 많은 곳 아닙니까?"

"하긴, 그렇겠군."

대학로는 대학 앞의 공간이라는 개념보다는 관광지 또는 청춘의 핫 플레이스 같은 개념이 강하다. 그러니 매일같이 뜨내기들이 온다.

더군다나 아실라 커피는 그 안에서는 화려하고 눈에 확 띄는 핫 플레이스 중에서도 핫 플레이스.

"소문으로 장사가 안 될 수는 없겠군."

"네."

아르바이트하고자 하는 학생들은 많으니 사람을 구하는 것은 어려운 일이 아니다.

"그러면 소송해서 받을 생각을 안 하나요? 아무리 털어도 꼬투리 하나 안 걸리는 사람도 있을 텐데."

일단 그런 식으로 죄를 뒤집어씌워서 돈을 주지 않겠다고 버티면 포기하는 사람도 있겠지만 그러지 않고 끝까지 싸우는 사람도 있을 것이다.

"그러니까요. 그런데 조정하러 갔는데 결과가 웃기더라고요."

민정아가 받아야 하는 돈은 대략 300만 원.

그런데 조정관은 고작 170만 원 정도에서 합의하라고 말을 꺼냈다는 것이다.

"말이나 돼요?"

증거가 없는 것도 아니고 분명히 출퇴근한 기록이 있는데 합의라니.

"뭐, 그거야 흔하게 일어나는 일이니까."

좋게 말해서 조정관이지, 사실 조정관이라는 것 자체가 가해자 편을 들 수밖에 없는 구조다.

당장 돈을 빌려준 사람은 전부 다 받기를 원한다.

그리고 빌려 간 사람은 안 주려고 하고.

그렇다면, 전부 다 주라고 하면 안 주려고 할 게 뻔하니 결국 조금 깎아서 주라는 소리밖에 못 하는 것이다.

"우리나라에서 조정관은 가장 쓸데없는 직업 중 하나지."

노형진은 안타깝게 말했다.

"애초에 그러면 공정하게 하면 좋은데."

제대로 된 조정관이라면 가해자에게 어떤 처벌이 있을 수 있다는 걸 고지하고 조정을 진행해야 한다.

그런데 그게 아니라 무조건 피해자에게 '참으세요. 양보하세요.'라고 하는 게 조정관들의 행태다.

그러니 피해자들은 돌아 버릴 지경.

"그런가요?"

"네. 그래서 대부분 피해자의 변호사들은 조정 절차를 거부합니다."

해 봐야 결국 나오는 소리는 '양보하세요.'뿐이니까.

"우리나라 선처 주의가 낳은 폐단 중 하나지요."

"쩝. 하여간 그래서 조정 깨고 소송으로 가려고 온 거예요."

"흠⋯⋯."

돈을 안 주겠다고 버틴다⋯⋯. 그렇다면 방법은 역시 소송뿐이다.

"소송해서 이기면 돈을 주나요?"

"당연히 안 주죠."

"그럼?"

"선배들 말을 들으면, 압류가 들어왔을 때 준대요."

즉, 줄 돈이 없는 게 아니라 주기 싫다는 소리다, 압류가 들어오면 그제야 준다는 걸 보니.

"한두 번도 아니고, 그렇게 벌써 몇 년째 하고 있으니까."

"악질적이군요."

"악질적이기는 한데 이런 경우는 많아요."

"네?"

"제 남자 친구는 PC방에서 일한 거 못 받았어요."

"남자 친구도요?"

"네."

일하다가 컴퓨터가 고장 났는데 그 수리비를 물어내라면서 돈을 주지 않았다는 것.

"그런데 그 컴퓨터가 고장난 게 그 애 책임은 아니거든요."

제대로 된 환기 시설이 없어서 먼지로 가득한 PC방이라

공기청정기라도 사 달라고 수차례 건의했단다.

그런데 사장은 그런 거 없어도 장사 잘된다고 버텼던 것.

결국 먼지가 전원 장치의 쿨러에 덕지덕지 붙었다가 스파크가 튀면서 불이 났다.

"그때 남친이 다급하게 끄지 않았다면 큰일 났을 텐데 적반하장이더라구요."

남자 친구는 다급하게 소화기를 들고 가서 화재를 진압했는데, 그 과정에서 문제가 생겼다.

분말소화기다 보니 주변에서 작동되던 다른 컴퓨터 쿨러 안으로 분말이 들어가 그 컴퓨터까지 고장난 것이다.

"그거 물어내라고 소송을 걸었더라고요."

"허."

못 받은 돈은 200만 원 정도인데 컴퓨터 가격으로 500만 원을 내놓으라면서 사장이 오히려 소송을 걸었다는 것이다.

말도 안 되는 소리다.

"이기지는 못할 텐데?"

화재를 진압한 것은 상을 받을 일이지, 벌을 받을 일이 아니다.

판사가 바보가 아닌 이상에야 그걸 인정할 리 없다.

"월급을 안 주려는 거지."

"응?"

"생각해 봐. 이거 재판으로 가면 얼마나 걸리겠어?"

노형진은 질렸다는 듯 말했다.

1심에서 3심까지 가는 데 못해도 5년은 걸릴 것이다.

그때쯤이면 질려서 포기할 수밖에 없는 게 인간이다.

"당사자야 그냥 소장만 내면 끝이니까."

"하지만 변호사를 사야 하잖아?"

"이런 걸 소송하면서 살 리 없지."

그냥 딸랑 소장 한 장 내면 끝이다.

변호사도 필요 없다.

애초에 이길 수도 없는데 변호사를 살 이유가 없다.

"그냥 핑계야, 핑계. 안 그런가요?"

민정아는 고개를 끄덕거렸다.

"맞아요. 남자 친구도 더러워서 포기하려고 한다고 하더라구요."

하긴, 그렇게 소송에 휘말리면 소송하러 법원에 가는 것도 힘든 일이다.

더군다나 그게 소문이 나면 다른 곳에서 고용하려고 하지도 않을 게 뻔하니까.

"그러면 그 사건도 저희한테 맡겨 주실 수 있나요?"

"네?"

"통화로도 말씀드렸지만 복수재단의 목적은 기본적으로 그런 녀석들에게 복수를 하는 거니까요."

"하지만 남자 친구는 시간이 없는데요."

자신이야 어찌 되건 복수하겠다고 나섰지만, 남자 친구는 다른 아르바이트 자리를 구해서 시간을 낼 수가 없다.

"아, 복수에 참여하는 것은 선택 사항이지 필수 사항은 아닙니다."

"그래요?"

"대신에 소문 좀 많이 내 주세요."

"소문요? 하지만 그러면 일이 많아질 텐데요."

눈을 찌푸리는 민정아.

그럴 수밖에 없는 게, 주변에서 이런 식으로 돈을 받지 못한 사람들이 한두 명이 아니다.

그들이 모두 소송을 맡긴다면 아마 직원이 1천 명이 있어도 그 일을 다 하지 못할 것이다.

"아, 걱정하지 마세요. 그 부분을 노리는 게 아니니까."

"네?"

"저희는 일벌백계를 하려는 겁니다. 한 지역에서 하나만 망하게 하면, 그 지역에 있는 다른 곳은 그런 짓을 못 하지요."

민정아는 당황했다.

"자…… 잠깐만요! 망하게 한다니요? 돈을 받아 주시는 게 아니구요?"

"저희는 채권 추심 업체가 아닙니다."

민정아는 당황했다.

보통은 돈을 받아 준다고 하지 않나? 그런데 망하게 해 준다니?

"물론 채권 추심 업체와 연결되어 있으니 그곳에서 받아드릴 수는 있지요. 하지만 저희는 복수재단. 말 그대로 복수가 목적입니다. 그렇다면 어떻게 해야 할까요?"

"그거야……."

돈을 추구하는 놈에게 할 수 있는 가장 확실한 복수는 무엇일까?

당연히 돈을 빼앗는 것이다.

그것도 전부.

"으음……."

민정아는 당황해서 어쩔 줄 몰라 했다.

"복수라는 건 절대로 쉬운 게 아닙니다. 자신이 당한 것이상으로 돌려주지 않으면 복수가 아니지요. 밀린 월급을 받는다? 그거야 당연한 결과이지 복수가 아닙니다."

"……."

민정아는 점점 곤혹스러운 표정이 되었다.

한 사람의 인생을 그렇게 쉽게 망가트려도 되나 하는 표정.

노형진은 그녀에게 확실하게 말했다.

"은혜는 열 배로, 복수는 백 배로. 이게 저희 재단의 모토입니다."

"복수는 백 배라……."

민정아는 침을 꿀꺽 삼켰다.

물론 자신도 복수하면 좋다.

그러나 대부분의 사람들은 복수하지 못한다.

실력이나 힘이 안 되어서 그러는 것도 있지만, 결정적인 문제는 남의 인생을 망가트릴 마음을 먹지 못하기 때문이다.

"하지만 가해자들은 다르지요."

"네?"

"그놈들은 남의 인생은 신경 쓰지 않습니다. 가령 그곳에서 일하는 사람들 중 누군가 부모님 병원비가 필요해서 일한 거라면, 그가 그 돈을 줬을까요?"

"……."

민정아는 아무런 말도 못 했다. 안 줄 게 뻔하니까.

"단순히 생각해도, 그들 때문에 등록금을 내지 못해서 한 학기를 더 다녀야 하는 사람들이 한두 명이 아니지 않습니까?"

"……."

그건 민정아 역시 마찬가지다.

그나마 자신은 마지막 학기라 남은 과목이 별로 없어서 다행이지, 남자 친구의 경우는 그 돈을 못 받아서 어쩔 수 없이 한 학기를 더 다닐 수밖에 없는 처지가 되었다.

안 그래도 군대라는 존재 때문에 여자보다 사회 진출이 늦는 남자의 특성을 생각하면 인생의 계획 자체가 뒤틀린 셈이다.

"한 학기를 늦게 시작하면 취업도 늦어지지요."

보통 취업 시즌은 새해 초.

그런데 한 학기를 더 다니면 6개월을 더 기다려야 한다.

그러면 결과적으로 1년이라는 시간을 날려 버리는 셈이다.

"다른 동기들과 다르게 더 늦게 시작하는 거죠."

그리고 그 차이는 어마어마하다.

당장 대기업들은 스물아홉 살 남자는 뽑아도 서른 살 남자는 뽑지 않는다.

"그들은 상대방을 돈으로 보고 있는데 이쪽에서 그 사람의 인생을 걱정하는 것은 사치 아닐까요?"

"사치요?"

"사치가 아니라면 뭐라고 표현할 수 있을까요? 자비? 아니면 여유?"

"……."

자기가 죽겠는데 남을 봐준다는 것은 절대로 쉽지 않다.

더군다나 이들은 자신의 9,900원을 채워서 1만 원으로 만들기 위해 남의 100원을 빼앗는 놈들이다.

"그런 놈들을 봐줄 이유는 없지요."

"하지만…… 망하게 한다는 건……."

영 꺼림칙한 표정이 되는 민정아.

노형진은 그런 그녀에게 한마디를 더 했다.

만일 이렇게까지 이야기하는데도 하지 않겠다고 한다면 그녀의 사건을 담당할 이유는 없다.

"우리나라 젊은이들에게 부족한 것 중 하나가 분노라는 말이 있지요."

"분노요?"

"네. 잘못된 것에 대한 분노, 자신을 억압하는 것에 대한 분노. 오로지 공부만 해서 분노하는 법을 잊어버렸다고 하지요."

잘못된 것을 잘못되었다고 할 줄 모른다면 세상은 바뀌지 않는다.

세상을 이끌어 가는 것은 늙은이들이지만 세상을 바꾸는 것은 청년들이다.

"그들이 변하기를 무서워한다면 결국 바뀌는 것은 없습니다. 생각해 보세요, 대학로에서 그들이 망한다면 과연 그 지역에서 그걸 보고 다른 상인들이 무슨 생각을 할지."

"……."

뻔하다. 혹시나 월급을 주지 않으면 자신들이 다음 표적이 될까 봐 눈치를 설설 볼 것이다.

갑이 아니라 대등한 관계가 되는 것이다.

인터넷에서 거기가 아무리 나쁜 곳이라고 떠들어 봐야 코웃음 치고 무시하면 그만이다. 바뀌는 것은 없다.

"할게요."

민정아는 입술을 깨물었다.

자신만의 문제가 아니다. 자신 말고도 피해자만 수십 명이다.

자신도 그만두고 나서야 그곳이 그딴 짓거리를 몇 년이나 했다는 걸 알았다.

그렇다면 거부할 이유도 없고, 꺼림칙하게 생각할 이유도
없다.

"좋은 생각입니다."

노형진은 씩 웃었다.

"망하게 한다고 하면 방법이 문제인데."

3층 건물을 통째로 쓰고 있는 커피숍을 보면서 손채림이
나지막하게 말했다.

"만만한 상대는 아니야."

보통 커피숍은 한 층만 쓴다. 그런데 이 정도로 크게 한다
는 것은 그만큼 재력이 있다는 것이다.

"불매운동이 기본이기는 한데, 여기서 어떻게 불매운동을
할 건가? 사람들도 많은데."

주변을 스윽 둘러보는 김성식.

이런 곳에서 불매운동을 하자고 소리를 지르면 100% 업무
방해로 신고가 들어갈 것이다.

"전 불매운동 안 합니다."

"뭐?"

"안 한다고?"

"네. 불매운동을 해 봐야 그다지 효과도 없거든요."

다른 곳은 모르겠지만 한국은 그렇다.

한국의 소비자들은 다른 국가에 비해 상당히 이기적인 성향이 강하다. 그래서 한국은 불매운동의 효과가 거의 없는 국가 중 하나다.

실제로 세계적으로 규탄받는 모 기업이, 그해에 유일하게 수익이 상승한 국가가 바로 한국이다.

재고를 팔려고 싸게 물건을 내놓자 너도나도 달려들었기 때문이다.

"애석하게도 한국 사람들을 움직이는 힘은 정의가 아니라 이득이지요."

"이득이라고?"

"네. 그러니까 이득을 줄 겁니다."

"하지만……."

고개를 갸웃하는 김성식.

이득을 준다는 게 이해가 가지 않았던 것이다.

그러나 손채림은 번개같이 알아차렸다.

"아, 맞다! 넌 다른 사람들이랑 다르지? 네가 아니면 생각도 못 할 방법이네."

"도대체 무슨 소리인가?"

"간단합니다. 불매운동을 하는 가장 큰 이유를 생각해 보면요."

"가장 큰 이유?"

"네."

"그게 뭔데?"

"돈이지요. 돈이 안 듭니다."

불매운동은 상대적으로 돈이 들어가지 않는다.

그래서 대부분 상대방에게 타격을 주려면 불매운동을 한다.

"하지만 전 돈이 많지요. 애초에 제가 왜 복수재단을 만들었겠습니까?"

"허허허."

그랬다.

재단이라는 곳, 그건 말 그대로 돈을 쓰기 위해 존재하는 곳이다.

그냥 불매운동을 하려고 한다면 적당히 사회단체에다가 기부하면 그만이다.

"그러니까 그 돈을 써야지요."

노형진은 작은 책자를 톡톡 두들기면서 미소를 지었다.

⚖

대학로에 있는 수많은 가게들.

그 주인들은 갑작스러운 초청에 당황했다.

하지만 손해 볼 건 아니라는 생각에 그곳에 갔다.

"그러니까 쿠폰 북을 발매하는 데 협조해 주면 가격을 인하하는 걸 돕겠다 이겁니까?"

"정확하게는 저희가 대신 내 드리는 겁니다."

"그러면 당신들에게 무슨 이득이 있다고?"

"저희는 광고를 붙여서 거기에서 이득을 봅니다."

"아무리 그래도 그렇지."

쿠폰 북 발매.

그건 다른 곳에서도 흔하게 쓰는 전략이다.

물론 그래 봤자 그 쿠폰 북이 아주 강한 효과를 발휘하는
건 아니다.

쿠폰을 열 개씩 모아야 5천 원 정도 깎아 주는 수준.

'그런데 왜?'

그런데 저들이 요구하는 것은 터무니없었다.

'쿠폰을 발행하고 그걸 가지고 오면 무조건 500원씩 깎아
줄 것'이라니.

사실 이런 조건만 이야기하면 미친놈이라는 소리를 들을
것이다.

하지만 그다음 말이 더 어이없었다.

"그 500원을 그쪽에서 보전해 준다 이겁니까?"

"네."

"어째서?"

아무리 쿠폰 북에 광고를 많이 붙인다고 해도 그 정도 수
익은 나지 않는다.

날 수가 없다.

방송 광고도 아니고, 고작 쿠폰 북에 몇억씩 돈을 뿌리는 놈은 없으니까.

"그거야 저희가 이 지역과 상생을 하기 위해서지요."

"상생?"

상생이라는 것치고는 너무 어이없다.

자기들이 손해 보는 게 뻔한데 그걸 하겠다니.

"물론 하기 싫은 분들은 안 하셔도 됩니다. 협조를 요청하는 정도이니까요."

노형진은 싱글거리면서 웃었다.

'하지만 안 할 수 있을까? 후후후'

저들이 고민하는 이유는 간단하다.

쿠폰 북을 안 한다고 하면, 반대로 말하면 자신들이 다른 업체들보다 500원씩 더 비싸게 받는다는 뜻이 되기 때문이다.

물론 고객들이 쿠폰을 챙겨 오지 않는다면 문제가 될 것이 없겠지만.

'그럴 리 없잖아?'

온 동네의 편의점이나 마트, 커피숍, 문구점 등에서 무차별적으로 쿠폰을 뿌린다는데, 당장 가지고 오지 않았다 해도 그냥 그런 곳에 들러 하나 가지고 오면 그만이다.

"저희는 상권 활성화와 관광객 증대를 위해 움직이는 것뿐입니다."

복수재단의 공식적인 목표는 그거였다.

그러니 뭐라고 할 수도 없고.

'복수재단이라니…… 어감도 좀 이상하고.'

그들도 이상하다는 생각은 할 것이다. 그러나 그게 뭔지 아직은 모를 것이다.

설사 안다고 해도 저들은 벗어날 수가 없다.

노형진이 그렇게 두지도 않을 테고.

"아, 그리고 할인 폭은 참여하는 곳에 따라서 달라집니다."

"참여하는 곳에 따라 할인 폭이 달라진다니, 무슨 소리요? 참여하는 곳이 많아지면 더 할인해 주겠다, 뭐 그런 거요?"

그런 경우도 종종 있다.

참여하는 사람이 많아야 광고도 더 팔릴 테니까.

그런데 그런 다른 사람들의 생각과 다른 말이 노형진의 입에서 나왔다.

"아니요. 정반대입니다."

"정반대?"

"예산은 결정되었고, 규칙상 저희는 그걸 소모해야 합니다. 그런데 참여 업체가 적어서 충분히 소모되지 않는다면, 다른 곳에 소모해야 하지요."

"그게 무슨 소리요?"

"지금은 각 업체당 500원이지요. 하지만 참여율이 절반으로 떨어지면 지원금이 1천 원이 된다는 소리지요."

"뭐어?"

다들 터무니없어서 입을 쩍 벌렸다.

확실히 쿠폰 북에 참여하지 않는 곳들도 분명 있다.

하나 그렇다고 해서 그들에게 무슨 불이익이 있거나 혜택
이 있는 것은 아니다.

보통은.

"그러면 만일 참여율이 10% 미만이면?"

"그때는 한 업체당 5천 원 정도까지가 되겠네요."

"당신들, 미친 거 아냐?"

한 업체당 5천 원이라고 하면 절대로 싼 게 아니다.

당장 이곳에서 점심을 한 끼 사 먹는다고 하면 대략 7천
원에서 8천 원이니까.

5천 원씩 깎아 준다는데 누가 거기에 가서 먹지 않겠는가?

"저희 예산은 쓰라고 있는 거니까요."

"허허, 참……."

어이없다는 듯 혀를 차면서도 저마다 서로 눈치 보기 바빴다.

그럴 수밖에 없는 게 참가하지 않는다는 것, 그것은 자기
네 가게가 다른 곳보다 가격을 더 높이 받겠다는 뜻이 되어
버리기 때문이다.

"선택은 여러분이 하시는 겁니다."

기간이 얼마나 될지, 얼마나 돈이 들어갈지는 모른다.

그럼에도 불구하고 다들 서로의 눈치를 살폈다.

"만일 쿠폰을 돈으로 안 주고 튀면요?"

"당일 정산하면 되지요."

"참가 여부는 업체가 마음대로 결정할 수 있는 겁니까?"

"기본적으로는요."

몇 마디 말이 오간 뒤 사람들은 결국 마음을 결정했다.

사실 거절할 이유가 없다.

돈을 더 벌게 해 주겠다는데 문제 될 것은 없으니까.

"그러면 하지요."

"합시다."

"뭐, 문제는 없겠네."

딱히 자신들에게 문제가 생길 가능성은 없어 보였기에 다
들 순순히 고개를 끄덕거렸다.

그리고 계약이 시작되었다.

개별적으로 미리 만들어 둔 사무실에 가서 계약하는 것이
니 대부분은 문제가 없었다.

그러나 대부분이라는 말이 전부를 뜻하지는 않는 법.

"죄송한데 아실라 커피하고는 계약하지 않습니다."

"뭐요?"

아실라 커피숍의 사장인 서우덕은 얼굴이 딱딱하게 굳었다.

"그게 무슨 소리요?"

"말 그대로입니다. 아실라 커피숍은 계약 대상이 아닙니다."

"뭐? 아니, 어째서?"

"아, 제보가 들어왔어요."

"제보?"

"네. 임금을 주지 않고 착취한다는 제보가."

"뭔 말도 안 되는 개소리야!"

서우덕은 언성을 높이면서 다짜고짜 따지고 들었다.

하지만 그가 그렇게 행동한 데에는 순간적으로 양심이 찔렸다는 이유도 있었다.

"글쎄요. 일단 저희는 상생과 상부상조를 목적으로 하는 곳이라서요."

손채림은 마치 모른 척 어깨를 으쓱했다.

서우덕뿐만이 아니다. 대학로에서 이런 식으로 임금을 주지 않은 곳들에 대해서는 계약하지 않노라고 이미 입장을 정했다.

당연히 저들이 자신에게 이렇게 항의할 거라는 것쯤은 알고 있었다.

"장난해! 왜 다 되는데 우리만 안 되는데? 어! 우리가 만만해 보여!"

"장난이 아니지요. 우리 복수재단에서는 상생을 목표로 움직입니다. 상생이라는 건 같이 사는 거지, 한 사람의 잇속만 채우는 게 아니에요."

손채림은 단호하게 말했다.

"그래서 임금 체불의 혐의가 있는 분들과는 계약하지 않기로 했습니다."

"내가 언제! 언제 그랬다는 거야!"

"부정하고 싶으시다면 경찰서에서 무혐의라는 증명서를 받아서 가지고 오세요."

서우덕의 얼굴이 사정없이 일그러졌다.

그건 불가능하기 때문이다. 무혐의가 아니니까.

다만 고발해 봐야 벌금이 월급보다는 싸니까 버티는 것뿐이다.

"안 해, 쌰앙!"

결국 그는 벌떡 일어나서 바깥으로 뛰쳐나갔다.

그러자 불만에 찬 표정으로 이쪽을 노려보고 있는 몇몇이 보였다.

자신처럼 계약하지 못한 사람들이었다.

"더러워서 안 한다!"

"그래, 더러워서 안 해! 씨팔!"

몇몇 사람들이 욕하면서 그곳을 떠났다.

그리고 그중 몇몇은 불안한 눈빛으로 이쪽을 바라보았다.

"사전에 말씀드렸다시피, 저희는 상생을 목표로 활동합니다."

손채림은 방금 나간 그들의 뒤를 바라보면서 단호하게 말했다.

"여기서 양심에 걸리는 분들은 나가세요."

"아무리 그래도 그렇지……."

몇몇이 지금 나간 사람들을 바라보면서 조심스럽게 말했다.

"임금 체불하셨나요?"

"그건 아닌데……."

불만으로 가득한 얼굴이다.

'역시 편들어 준다 이거지?'

분명히 노형진이 그랬다. 편들어 주는 사람이 있을 거라고.

물론 그중에는 똑같이 임금을 체불하는 놈도 있을 테고, 그냥 인간적으로 친한 사람도 있을 거라고도 했다.

'하지만…….'

어느 쪽이든 이쪽과 척지려고 한다면 함께할 수는 없다고 했다.

일벌백계라는 것은 한 명을 벌함으로써 백 명을 경계하게 한다는 뜻이다.

그리고 그 일벌에 절대 들어가서는 안 되는 것이 바로 자비다.

"계약하기 싫은 분들은 그냥 가시면 됩니다."

"뭐?"

"누차 말씀드렸지만 이건 자율 계약이에요. 저희가 지원하는 형태로 되어 있지요. 그런데 싫으시다면, 저희는 강제할 수가 없죠."

어깨를 으쓱하면서 말하는 손채림.

그러자 그 행동에 기다리고 있던 사람들은 분노에 차서 고래고래 소리를 지르는 사람들을 흘긋 바라보았다.

"사람이 말이야, 그러면 안 되지! 사람을 차별해? 그렇게 안 봤는데!"

'얼씨구?'

사람을 차별해서 월급도 주지 않던 인간들이 도리어 사람 차별한다면서 화를 내며 바깥으로 나가 버렸다.

그러자 몇몇은 그런 그들을 따라나섰다.

그리고 일부는 한숨만 쉬며 그저 기다릴 뿐이었다.

'정해졌군.'

함께 나간 곳은 계약하지 않고 싸우겠다는 뜻이고, 남은 사람들은 계약하겠다는 뜻이다.

"자, 그럼 남은 분들은 계약을 진행할까요?"

손채림은 빙긋 웃으며 말했다.

"딱 갈리네."

계약한 사람들과 하지 않은 사람들.

그들을 구분하면 대충 사람들이 분류되었다.

가게가 크고 웅장한 사람들은 계약하지 않았고, 가게가 작은 사람들은 대부분 계약했다.

"당연하다면 당연한 거지. 애초에 경쟁이니까."

"예상했다는 거야?"

"예상했다기보다는, 뻔한 거야. 작은 곳이야 어떻게 해서든 손님을 끌어야 하는 데 반해서 큰 곳은 그럴 필요가 없거든."

노형진은 서류를 탁탁 정리해서 클립으로 묶으며 말했다.

그리고 능숙하게 파일에 끼워 넣은 뒤 파일함에 집어넣어 버렸다.

"사람들은 아무래도 작은 곳보다는 크고 화려한 곳을 찾을 테니까."

"그 차이가 큰가?"

"크지. 고작 500원이라고 하지만 말이야. 생각해 봐, 매달 250만 원을 받는 사람에게는 10만 원짜리 범칙금이 나오면 타격이 커. 그런데 그 사람이 2,500만 원을 번다면 그게 무슨 의미가 있지?"

"그러면, 계약한다고 하면 결국은 작은 곳만 한다는 거야?"

"작은 곳만 한다는 게 아니라, 작은 곳은 거부하지 못하지만 큰 곳에는 거부권이 있다는 거지."

노형진의 다시 의자에 앉으며 말했다.

"우리가 500원씩 깎아 주면 작은 곳은 매출이 얼마나 늘어날까? 아마 운이 좋으면 하루에 2만 원 이상 늘어날 거야. 한 달이면 60만 원 돈이지. 그에 반해서 큰 곳은?"

물론 큰 가게다 보니 매출도 더 크게 늘겠지만, 과연 그 값어치가 그들의 자존심보다 비쌀까?

"그래도 의외네, 작은 곳은 월급을 안 주는 곳이 거의 없다는 게. 더 힘들지 않나?"

"더 힘들지. 그래서 안 줄 수가 없는 거야."

"어?"

"더 힘들어. 그런데 상대적으로 월급은 더 적어. 당연히 사람을 구하기는 힘들어."

"아아."

다들 크고 화려한 곳에서 돈 많이 받으면서 일하기를 원하지, 작은 곳에서 고생하는 것을 원하지는 않는다.

"더군다나 저런 작은 곳은 간판 하나 바꾸는 것도 부담스러워."

돈을 떼어먹고 매년 이름 바꾸는 행동을 할 수가 없다.

"그리고 법적인 제재가 들어온다면 타격이 클 수밖에 없지."

임금을 안 주다가 갑자기 제재가 들어와서 압류라도 당해버리면, 가진 돈 모두 털려 버리고 가게 운영도 힘들어진다.

"없어서 못 줄지언정 안 주려고 버티는 건 쉬운 게 아니야. 그 반작용이 크니까."

"하지만 큰 곳은 다르다 이거구나."

"그래."

그들은 가게가 크다.

버티다가 끝까지 돈을 안 주면 좋고, 준다고 해도 소송을 거쳐서 조금만 줄 수 있으면 이득이다.

"원래 법이라는 게 그래. 그걸 위반했을 때 돌아오는 반작용을 자신이 버틸 수 있다고 생각하면 지키지 않는 거지."

작은 가게들은 그 타격이면 망할 수밖에 없다.

그러나 큰 가게들은 가뿐하게 무시하면 그만이다.

"아, 그래서⋯⋯."

대부분의 미납 사건을 보면 작은 가게보다 큰 가게가 더 많다.

손채림은 그걸 보고 이상하다고 생각했다.

자금 사정은 작은 곳이 더 열악한데 미납은 큰 곳에서 발생하다니.

"작은 곳은 못 버티니까."

반작용을 버티지 못하니 어떻게 해서라도 주려고 하고, 큰 곳은 적당히 벌금 내면 그만이니 안 주고 버티는 거고.

"중소기업이 위반하는 법률이 더 많을까, 대기업이 위반하는 법률이 더 많을까?"

"끄응⋯⋯ 그러고 보니 큰 가게들은 원래 작은 곳보다 더 비싸잖아?"

"그렇지."

"그러면 커다란 가게들은 타격이 거의 없는 거 아냐?"

상대적으로 가격이 싸지기는 하지만 500원 정도의 차이다.

애초에 크고 비싼 곳에 가는 사람들은 거기서 파는 상품과 함께 제공되는 무언가를 노리고 가는 것이다.

분위기라든가 가치라든가.

그러니 어차피 싼 상품을 더 싸게 판다고 해도 그다지 큰 미끼가 되지는 않는다.

"일단은 그렇지."

"그러면 우리가 한 건 뭔 짓이야?"

어차피 가는 손님은 다르다면, 깎는다고 해서 저쪽으로 갈 손님들이 이쪽으로 오지는 않을 것이다.

"분류한 것뿐이야."

"분류?"

"그래. 살릴 사람과 죽일 놈. 그리고 이제 죽일 놈은 죽여야지."

퍼 주는 건 내 마음이다

사람들은 뭉치는 성향이 있다.

'끼리끼리 뭉친다.'라는 말은 틀린 게 아니다.

특히나 친구들 같은 경우, 서로 비슷한 성향으로 뭉치는 경우가 많다.

하물며 친구들끼리도 그런데 사회적으로는 어떻겠는가?

"별 거지 같은 새끼들이 지랄하고 자빠졌네."

서우덕은 열심히 전단지를 뿌리고 있는 사람들을 보면서 비웃음을 날렸다.

"그러게 말이야. 저런다고 얼마나 들어온다고."

"뭐, 돈 10만 원은 들어오지 않겠어?"

"큭큭큭."

땀을 뻘뻘 흘리면서 쿠폰 북을 뿌리는 사람들을 보면서 비웃음을 날리는 그들.

그들은 대학로에서 대형 업소를 운영하는 이들이었다.

"그래 봤자지."

고작 500원. 하루에 서른 명이 늘어난다고 해도 하루 1만 5천 원이다. 한 달이면 45만 원.

더 늘리고 싶어도, 작은 가게에서 커버할 수 있는 회전율을 넘어간다는 것.

거기에다 관광지다 보니까 그들은 크고 좋은 곳을 찾아가려고 하지 이렇게 어쭙잖은, 작은 곳을 가려고 하지는 않는다.

"하루 벌이도 안 되는 걸로 아등바등 사는 거 봐라. 거지 새끼들."

실제로 매출은 그다지 타격이 없다.

물론 아예 없다고 하면 거짓말이겠지만, 그래 봐야 몇만 원 수준이고 그 정도는 껌값도 안 된다.

"그나저나 김 사장, 월급 안 준다고 고발당했다면서?"

"뭐, 하루 이틀인가?"

"배 째라고 그래. 어차피 시간이 지나면 포기할 거잖아."

"그렇지."

나중에는 돈 달라고 읍소하기 마련이다.

압류까지 간다고 하면 물론 문제가 되겠지만, 그때는 적당히 던져 주면 그만이다.

최대한 버티면서 포기하게 만들면 자신들에게 남는 게 얼마인데.

"그나저나 그 복수재단이라는 곳, 영 의심스럽지 않아?"

"그렇기는 하지?"

보통은 좋은 이름을 쓰기 마련이다.

그런데 복수재단이라니.

목적은 상생이라고는 하는데 어감이 영 좋지 않다.

"거기에다 그 돈도 그렇고."

저 작은 가게에서야 몇십만 원이지만, 이 동네에 작은 규모의 가게가 한두 군데도 아니다. 나름 수익 모델을 가지고 있다고 하지만 적자는 피할 수 없는 상황.

"한 달에 1억 넘게 돈이 들어갈 텐데, 그 돈을 어디서 충당하겠다는 거지?"

"알 게 뭐야. 돈 많은 미친놈이 지랄하는 거겠지."

"그렇겠지?"

돈 많은 놈은 많다. 그중에는 돈을 못 써서 안달인 미친놈도 있기 마련이다.

"차에도 도금해서 다니는 미친놈도 있는데, 뭘."

"하긴."

저렇게 손님을 한 명이라도 더 받으려고 어쭙잖게 쿠폰이나 뿌리고 다니는 가난뱅이들과 자신들이 다르듯이 말이다.

"그래 봤자 뭐가 달라지겠어."

적당히 착한 척하려고 돈이나 뿌리는 거지 별반 달라질 게 없다고, 그들은 그렇게 생각하면서 커피 잔을 입가에 댔다.

그러나 다음 순간 그들의 입에서는 커피가 주르륵 흘러내렸다.

"저거 뭐야?"

"이 새끼들, 미친 거야?"

한 대의 차량이 길거리를 지나가고 있다. 그리고 미리 준비된 연단으로 올라가고 있었다.

그건 알고 있었다. 그래서 여기에 앉아서 기다리고 있었던 거다. 차량을 경품으로 내거는 것을 알고 있었기 때문에.

그래서 기껏해야 경차, 아니면 소형이라고 생각해서 한껏 비웃으려고 나온 건데…….

"세상에 어떤 미친 새끼가 오라이언을 경품으로 내걸어!"

"돈 거 아냐?"

오라이언은 시가 2,800만 원짜리 대형 세단이다. 절대로 이런 곳에 경품으로 나올 만한 차량이 아니다.

그런데 떡하니 등장한 것이다.

그것도 반짝거리는 차체를 한껏 뽐내면서 말이다.

"이런 미친!"

기껏해야 작은 경차나 생각하던 그들은 정신이 아득했다.

설마 저런 터무니없는 차량이 경품으로 나올 정도야.

"저거 몇 푼 안 해요."

누군가의 말에 그들은 고개를 돌렸다.

손채림이 빙긋빙긋 웃으면서 서 있었다.

"넌?"

서우덕은 그녀를 알아보고 눈을 찌푸렸다.

자신과는 계약하지 않는다고 퇴짜를 놓은 여자였다.

"네가 왜 여기에 있어?"

"당연히 업무차 있는 거죠."

"업무차?"

"네. 그리고 저거 얼마 안 해요. 뭐, 저런 싸구려를 경품으로 내건다는 게 좀 자존심 상하기는 하지만."

"뭐? 싸구려?"

"어쭙잖은 싸구려 몇 개보다는 임팩트 있는 하나가 손님 끌기에 좋잖아요?"

"아무리 그래도 그렇지, 미친……."

자리에 있던 사람들은 사색이 되었다.

그럴 수밖에 없는 게, 오라이언을 싸구려라고 할 정도면 도대체 돈이 얼마나 많은 건지 등골이 오싹해졌던 것이다.

그리고 그런 존재가 자신들에게 적대적이라고 하니 불안하지 않을 수가 없었다.

'아주 바짝 얼었네, 호호호.'

뭐, 한 700만 원짜리 경차나 하나 나올 줄 알고 비웃던 인간들이 오라이언이 나오자 사색이 된다.

"저런 거 몇 푼이나 한다고 그러세요. 그리고 기왕 줄 거, 확실하게 맞춰서 줘야지요."

"맞춰서 준다고?"

"오라이언에 명품 백으로 3천만 원 딱 맞췄어요."

"허억!"

현행법상 경품은 3천만 원 이상을 넘을 수는 없다.

안 그랬다면 아마 노형진이 더 강한 뭔가를 내놨을 테지만, 그러지 못해서 어쩔 수 없이 오라이언으로 한 것이다.

오라이언의 가격이 할인해서 2,600만 원. 거기에 400만 원짜리 명품 백을 하나 추가해서 딱 3천만 원을 맞춘 것이다.

손채림이 비웃듯이 말하자 다들 움찔거렸다.

"상생을 위해서는 못 하는 게 없지요, 저희 재단은. 후후후."

응모 방식은 간단하다.

자신들과 제휴된 업체에서 구입하고 받은 티켓에 연락처를 적어서 응모하는 것이다.

흔해 빠진 방식이고, 어려울 것도 없는 일이다.

"싯팔."

"이거 사기 아니야?"

"사기 아닌데요."

손채림은 어깨를 으쓱했다.

"사기를 칠 이유가 없지요. 저런 거 몇 푼이나 한다고."

"끄응……."

하긴, 그냥 말로만 걸어 둔 게 아니라 차량을 떡하니 가져다 뒀다.

거기에다 번호판까지 제대로 걸린 상품이다.

"뭐, 가지고 싶으면 응모 한번 해 보세요."

손채림은 그들을 도발하면서 멀어졌다.

그 모습을 보며 다들 이를 빠드득 갈았다.

하지만 자신들은 저들에게 배제당한 상태이니 이제 와서 참가할 수는 없었다.

"우리도 뭐 해야 하는 거 아니야?"

"뭘 해! 저거 지원자가 몇 명이겠어?"

"그런가?"

"당연한 거 아냐? 로또 수준으로 지원자가 몰릴 거라고! 그게 될 것 같아? 대부분 포기하고 우리한테 올 거라고!"

"하긴."

"뭐, 쓸데없이 저쪽으로 가겠어?"

불안한 표정으로 말하는 인간들.

그들은 애써 그렇게 믿고 있었다, 확률도 낮은 저걸 받겠다고 사람들이 제휴한 가게들로 몰릴 리 없다고.

⚖

"오겠지."

노형진은 반대쪽에서 광이 번쩍번쩍 나는 차량을 보면서 씩 웃었다.

"확실해? 저쪽은 안 올 거라 생각하던데."

"물론 전이라면 안 오는 사람도 있겠지. 하지만 저들에게는 타격이 적지 않을걸."

"어째서? 너무 화려하잖아?"

저들의 말대로 너무 화려해서 지원자가 넘치는 것은 당연한 일이다. 그러니 누군가는 포기하고 오지 않을 것이다.

애초에 저곳의 분위기와 상품성을 즐기기 위해 가는 사람들이라면 말이다.

"내가 노리는 게 그거야. 그들은 저쪽으로 가고, 다른 사람들은 안 가고."

"응?"

"너, 커피숍이나 저런 가게에서 제일 고마운 손님이 누군지 알아?"

"글쎄, 많이 팔아 주는 사람?"

그런 사람이 많아야 장사가 잘되니까.

"아니, 포장."

"엥? 포장?"

"요즘은 테이크 아웃이라고 하지."

아이스크림의 바닥을 닥닥 긁어서 먹은 노형진은 아쉬운 듯 고개를 돌려서 하나 더 사 올까 하는 표정으로 가게를 바라보다가 고개를 저었다.

날이 덥다고 계속 먹으면 배탈 나니까.

"그들은 자리를 차지하지 않고 같은 상품을 같은 가격에 포장해 가거든. 그래서 가게의 회전율을 높여 주지. 일반적으로 이러한 업체들은 회전율이 상당히 중요하거든."

"아!"

손채림은 주변을 보면서 아차 싶었다.

주변을 보니 대부분의 사람들의 손에 커피가 하나씩 들려 있었다. 이 더운 날씨에 다들 아이스커피 한 잔씩 하는 것이다.

"그런데 저 사람들은 가게의 분위기나 품격을 따지는 게 아니야. 그냥 먹는 거지."

주변에 사는 사람이라면 원래 다니던 곳이니까 거기에 가서 쿠폰에 도장이라도 찍으려고 가서 사 오는 것뿐이다.

관광객이라면 그냥 화려해 보이니까 들어가서 사는 것이고.

"테이크 아웃은 생각보다 숫자가 많아. 아마도 하루 매출의 40% 이상을 차지할 테지."

"오오! 설마?"

"그래. 그걸 털어 내는 거야."

테이크 아웃을 하지 않는 손님들이 오게 되면 가게의 회전율은 떨어질 수밖에 없다.

그리고 회전율이 떨어진다는 것은 한 손님당 매출이 떨어진다는 것을 뜻한다.

"테이크 아웃을 하는 손님의 입장에서는, 어차피 분위기는 즐기지도 못하는데 비싸고 상품도 없는 저쪽으로 가려고 할까?"

그럴 리 없다.

어차피 물건을 받아서 나올 거라면 조금이라도 가능성이 있는 쪽으로 가지고 가려고 할 것이다.

"많은 사람들이 회전율이라는 것을 무시하곤 해. 자리만 좋으면 된다고 생각하지. 하지만 자리만 좋으면 뭐 해. 그곳에서 뽑아낼 수 있는 돈이 한정된다면 그건 손해로 직결되는 거야."

그리고 테이크 아웃이 줄어들면 그들은 타격을 심하게 입을 게 뻔했다.

"그리고 다른 주요 손님들도 이제 슬슬 떨어져 나갈 테니까."

"주요 손님?"

"너, 카페의 주요 손님이 누구라고 생각해?"

"응? 글쎄."

고개를 갸웃하는 손채림.

주요 손님이라는 것이 누군지 이해가 가지 않았다.

하지만 주변을 잠깐 둘러보고는 금방 알아차릴 수 있었다.

"커플이구나."

"정답. 커피숍을 고르는 건 여자야, 그곳에서 계산하는 것은 보통 남자지만. 내가 왜 경품을 나눌 때 두 개 나눠서 했는지 이해가 가?"

"아아."

차량과 가방을 합쳐서 3천만 원. 따로 주는 것도 아니고 한꺼번에 준다.

처음에 노형진이 따로 주는 게 아니라 한꺼번에 준다고 했을 때 이해하지 못했다.

보통은 1등과 2등 그리고 3등을 따로 주기 때문이다.

"차량의 경우는 재판매해서 돈을 나누는 경우가 많아. 뭐, 자기들이 탈 수도 있겠지만. 하지만 명품 백을 사은품으로 둔다면 어떻게 될까?"

"여자가 가지려고 하겠네."

"그리고 아까 뭐라고 했지?"

"커피숍을 고르는 것은 여자라고 했지. 그리고 저런 커피숍은 보통 분위기가 좋아서 가는 거고?"

"이제 잘 아네, 후후후."

커플들은 돈보다는 분위기를 즐기러 그곳으로 간다.

하지만 커플들 입장에서 분위기보다 확실한 떡밥이 있다면 그곳으로 가지 않으려고 할 것이다.

남자 입장에서야 차라면 환장할 만한 물건이고, 여자 입장에서도 명품 백을 싫어하지는 않을 테니까.

"결국은 가장 큰 두 종류의 사람들이 그곳으로 가지 않게 될 거야."

테이크 아웃 손님과 커플 손님이 빠져나가면 못해도 60% 이상의 고객이 빠지게 될 것이다.

"뭐, 그것만으로 끝낼 리는 없지만."

노형진은 핸드폰으로 인터넷을 보면서 말했다.

"남은 손님도 털어 내야지, 후후후."

⚖

"요즘 왜 이래, 여기?"

손님들 중 상당수는 불만에 찬 표정으로 중얼거렸다.

그럴 수밖에 없는 게, 커피숍에 상당수 아저씨들이 몰려와 있었기 때문이다.

당연히 그들은 돈을 내고 커피를 먹는 손님이니 그게 나쁜 일은 아니다.

하지만 아실라의 아기자기한 분위기를 즐기기 위해 오는 여자 손님들에게 커피숍에 가득한 아저씨들은 도무지 마음에 들지 않았다.

사실 아저씨들이 와서 커피를 먹는 거야 문제가 되지 않는다.

"아가씨, 번호 좀 주면 안 될까?"

"네?"

나이 마흔이 훨씬 넘어 보이는 남자가 20대 여자에게 헌팅을 하는 것은 어이없다 못해서 기가 찬 노릇이었다.

"내가 좀 잘나가는데 말이지, 어디서 같이 커피나 한잔하지?"

"어머머, 별꼴이야. 저리 가세요."

"어허, 너무 그러지 말고."

"저리 안 꺼져요?"

여자가 까다롭게 굴자 짜증스럽게 얼굴을 찡그린 남자는 몸을 돌려서 자신의 자리로 가면서 중얼거렸다.

"씨발, 존나 비싸게 구네. 개년 같으니라고."

"뭐라고?"

"이 인간 뭐야?"

다들 어이없다는 표정이 되었고, 결국 듣다 못한 여자가 벌떡 일어났다.

"아니, 뭐라는 거야!"

"지금 그걸 말이라고 하는 거야!"

"그래, 말이라고 했다!"

"이거 미친 거 아냐?"

"얼굴도 졸라 못생긴 년이 존나 비싼 척하고 있는데……!"

"너 미쳤어? 야!"

"그래, 미쳤다!"

소란이 커지자 저쪽에서 다가오는 남자의 친구들.

그리고 여자들 역시 자기 친구 편을 들어 주면서 언성이 높아지기 시작했다.

"야! 너 지금 뭐라고 했어!"

"왜, 꼽냐? 꼬우면 경찰 불러, 씨발!"

"그래, 부르자! 불러!"

언성이 높아지는 사람들.

그러자 아실라의 직원은 얼굴이 사색이 되었다.

"두 분 다 진정하시고……."

"진정하게 생겼어요?"

"아니, 넌 또 뭐야?"

서로 언성이 높아지면서 사람들의 시선이 쏠리기 시작했다.

한구석에 조용히 앉아서 커피를 마시던 노형진은 손채림을 보면서 씨익 웃었다.

"뭐야? 뭐 저딴 인간이 다 있어?"

"개놈 보존의 법칙이라고 하지."

"헐?"

그쪽을 바라보며 어이없어하던 손채림은 혹시나 하는 생각이 들었다.

"저 인간들, 네가 집어넣은 거야?"

"에이, 그럴 리가. 내가 미쳤냐? 전에도 말했지만 이번에는 철저하게 합법적으로만 움직인다니까."

"그런데 왜 저런 미친놈이 온 거야?"

저 남자뿐만이 아니다.

여기저기 남자들이 가득했는데, 그들의 시선은 결코 좋지 못했다.

여자들을 마치 품평회를 하듯이 바라보고 있었다.

당연히 여자들은 그 시선이 불편해서 가게 밖으로 나가고 있었고.

"난 사람 넣은 적 없어. 그냥 인터넷에 적당히 글을 올렸을 뿐."

"글?"

"그래. 여기가 헌팅의 명소라고."

"헌팅? 누가 그런 헛소리를 한다는 거야? 헌팅이라니?"

"그건 헛소리가 아니지. 업무방해도 아니고. 그냥 의견일뿐."

"허어?"

그러고 보니 이상했다.

이런 커피숍은 기본적으로 여자들이 많이 오는 곳이지 남자들이 많이 오는 곳이 아니다.

그런데 이렇게 많다면…….

"물이 흐려진다는 말이 있지."

"허얼?"

"뭐, 남자들 세계에서 물이 흐려진다는 건 예쁜 여자가 없다는 뜻이지만 여자들 세계에서는 진상이 많다는 뜻이라고 하는데, 잘못 알고 있나?"

"아…….."

맞는 말이다.

여자들이 뭉쳐서 놀러 갔을 때 남자들이 끼어드는 걸 여자들은 솔직히 별로 안 좋아한다.

특히나 헌팅이랍시고 마구잡이로 끼어들어 친한 척하거나 다짜고짜 연락처를 달라고 하는 놈들은 진상이라고 볼 수밖에 없다.

"그런데 그런 진상들이 여기에 많다면, 어떻게 생각할까?"

"당연히 더는 안 오지."

"발정 난 놈들은 어디에나 있기 마련이거든."

여자를 트로피 삼는 놈들, 여자한테 어떻게든 찝쩍거리려고 하는 놈들.

그런 놈들이 모이는 인터넷상의 공간, 그런 곳에 이곳이 물 좋고 헌팅이 잘된다고 소문을 낸 것이다.

"가끔가다가 여기서 꼬셨다는 식으로 몇 마디 올려 주면, 한 명 꼬실 수 있지 않을까 하고 진상들이 오기 마련이지."

실제로 그런 놈들이 적지 않게 와 있었다.

평소에는 90% 이상이 여자 손님이었는데 지금은 50% 이상이 남자 손님이다.

"그런 놈들이 여기까지 와서 그냥 보고만 가겠어? 아니, 그냥 눈요기만 한다고 해서 여자들이 모를까?"

그냥 아무 생각 없이 바라보는 것과 음란한 생각을 하면서 바라보는 시선은 전혀 다르다.

그리고 여자들은 그런 시선을 아주 싫어한다.

"처음에는 모르겠지. 하지만 조만간 여자 손님들의 숫자가 확 줄어들 거야."

이곳에 이렇게 진상들이 모여드는데 계속 오는 여자들이 있을 리 없다.

"여자가 없으면 저 진상들도 떠날 테고."

"손님이 엄청나게 줄어들겠네."

노형진은 씩 웃으면서 커피를 홀홀 마셨다.

"어쭙잖게 불매운동해 봐야 효과도 없어. 하지만 불이익이 온다면 이야기가 달라지지."

그렇게 되면 이곳은 망할 수밖에 없다.

"업무방해를 한 것도 아니고."

그런 글을 썼다고 고발해 봐야, 그걸 가지고 형사처벌이 나오지는 않는다.

업무를 방해한 것도 아니고, 그렇다고 거기서 물건을 사지 말자고 한 것도 아니기 때문이다.

"나가자, 나가."

"아우, 시끄러워."

아니나 다를까, 몇몇 여자들은 불편한 얼굴로 가게를 나가기 시작했고, 종국에는 경찰까지 등장했다.

"왜 쫓아내지 못하는 거지?"

경찰들은 신고를 받고 출동하기는 했지만 뭔가를 해결하려고 하는 게 아니라 그냥 서서 두고 볼 뿐이었다.

"도대체 왜 저런 손님들을 쫓아내지 않는 거지?"

"여기에서 직원은 을이야. 생각해 봐, 여기 사장이 잘하는 게 핑계를 잡아서 월급을 주지 않는 거야. 그런데 만일 저 사람들을 쫓아냈더니 그걸 핑계로 삼으면?"

"아하!"

결국 자기 손해인 것을 알기 때문에 직원들은 싸워서 진상들을 내보내기보다는 그냥 모른 척하게 된다.

"우리나라는 진상이 더 접대받는 나라야. 왜 그럴까? 그들이 돈이 되어서? 아니야. 손님은 왕이라는 잘못된 생각 때문이야. 손님은 손님일 뿐인데 말이지. 아르바이트생이 나도 남의 집 귀한 자식이라고 하는 데에는 다 이유가 있다고."

그렇지만 사장이 그걸 지켜 줄 리 없다.

당연히 아르바이트생은 끼어들어서 월급 못 받는 꼴을 당하느니 차라리 모른 척할 수밖에 없다.

"자, 그러면 이쯤에서 일어나자고. 이 떡밥을 기다리는 수많은 분들이 계시잖아? 후후후."

노형진은 자신의 핸드폰을 흔들면서 씩 웃었다.

⚖️

며칠 후 여자들이 자주 가는 인터넷 사이트에는 아실라 진상이라는 말과 함께 글이 퍼지기 시작했다.

절묘하게 얼굴을 가리기는 했지만 캡처한 상황만 봐도 어떤 일이 일어났는지 뻔하게 보이는 글이었다.

아실라, 이제는 망한 듯

나도 거기에서 헌팅당함. 내가 짐승이냐, 헌팅하게

거기 이제 남자 진상들 가득해요

여자가 들어가면 위아래로 살펴보면서 자기들끼리 품평회하는

데, 더러워 죽겠음

몇몇 여자들 역시 그에 따른 불만을 이야기하기 시작하자, 소문은 무서운 속도로 인터넷에 퍼지기 시작했다.

그리고 그걸 그냥 두고 보고 있을 남성 혐오자들이 아니었다. 그들은 그걸 사방으로 퍼트리기 시작했다.

당연히 여자들은 그걸 보면서 치를 떨었다.

그리고 그건 아실라에는 치명적인 문제로 다가왔다.

"이게 뭐야?"

매출이 터무니없이 줄어들었다.

여자들이 오지 않기 시작하자 남자들도 오지 않았던 것이다.

물론 아직까지 오는 남자들도 있다.

여전히 남자들 커뮤니티에 헌팅의 장소로 추천되고 있기 때문이다.

"이런 씨발⋯⋯."

서우덕은 머리를 부여잡았다.

도무지 이해가 가지 않았다.

갑자기 남자 손님들이 늘어나서 좋아했는데, 채 일주일도 지나지 않아 매출이 과거의 50% 이하로 줄어 버렸다.

안 그래도 테이크 아웃이 줄어서 치명적으로 매출이 줄었는데 그나마도 실내에서 먹고 가는 사람들까지 이렇게 줄어들자 매일같이 적자가 장난이 아니었다.

"사장님, 이건 어떻게 할 수가 없어요."

경찰은 의자에 기대앉으면서 나지막하게 말했다.

그리고 그 말을 들은 서우덕은 고래고래 소리를 질렀다.

"뭐요? 왜요!"

"업소 자체를 욕한 것도 아니고 거기서 있었던 불쾌한 일을 이야기한 것뿐이라 고발 대상이 아니에요."

"아니, 이런 것 때문에 우리가 장사가 안되는 건 어쩌구요?"

"그건 어쩔 수가 없다고……."

경찰에 신고해 봤지만 이건 해당 사항이 없다는 말 때문에 그는 한숨을 쉬면서 바깥으로 나왔다.

물론 처음에는 삭제 요청을 하기도 했다.

하지만 늑대 피하려다가 호랑이 만난다고, 그걸 가지고 물고 늘어지는 사람들이 더 많아지는 데다가 삭제하는 속도보다 퍼지는 속도가 몇 배는 더 빨랐다.

"후우!"

서우덕은 한숨을 쉬면서 커피숍으로 들어왔다.

그리고 안에 있는 남자 고객들을 보고 눈을 찌푸렸다.

'씨발…….'

평소에 여기에 오던 인간들이 아니다.

거기에다 옷을 쫘악 빼입은 꼴이, 그냥 커피를 마시러 온 게 아니라 헌팅한답시고 온 것이다.

못마땅한 그의 시선을 알아챈 직원이 조심스럽게 물었다.

"사장님, 쫓아낼까요?"

"뭐, 미쳤어?"

안 그래도 손님이 없는데 그나마 매출을 올려 주는 것이 저런 인간들이다.

저들을 쫓아낸다고 해서 다른 손님들이 돌아오지는 않는다.

"그리고 쫓아내면 인터넷에서 뭐라고 소문이 나겠어?"

그랬다가는 이도 저도 아닌 상황이 되어 버린다.

"그냥 둬."

"하지만 여자 손님들이 싫어하는데……."

"끄응…….'"

그는 머리를 부여잡을 수밖에 없었다.

⚖️

"아마 악순환 단계에 들어갔을 거야."

노형진은 건물을 바라보면서 말했다.

바깥에서 봐도 커피숍은 텅 비어 있었다.

주말임에도 불구하고 이렇게 텅 비었다는 것은 커피숍의 브랜드 이미지가 망가졌다는 뜻이다.

"악순환?"

"그래. 악화가 양화를 밀어내는 단계가 온 거지."

"그게 뭔데?"

"간단하게 말해 볼까? 음…… 어떤 게임에 작업장이 있다고 쳐 봐."

작업장이란 현질을 하는 게임 머니를 벌기 위해 노가다를 뛰는 시스템을 말한다.

물론 사람이 버는 게 아니라 보통은 오토라고 하는 프로그램으로 자동 사냥을 한다.

"그런데 그런 것도 결국은 계정비를 내야 하는 것은 마찬가지거든."

"그런데?"

"그래서 회사에는 그걸 모른 척한 적이 있었어."

그들이 내는 계정비가 적지 않았기 때문에 회사는 그걸 모른 척했다.

그런데 문제가 생기기 시작했던 것.

그들이 몬스터란 몬스터는 모조리 싹 쓸어 가서 유저들이 게임 플레이를 할 수가 없는 지경이 된 것이다.

대부분의 퀘스트는 특정 몬스터를 잡아 오라는 것인데 그게 불가능해진 것이다.

사람보다 더 빠른 속도로 반응하는 오토 때문이었다.

몇몇 유저들이 그러한 행동에 열 받아서 그 오토를 죽이고 퀘스트를 하기도 했지만, 그걸 알게 된 작업장의 주인들은 다른 캐릭터들을 동원해서 그들을 무차별적으로 학살했다.

"거기에다 그들이 작업장을 돌리면서 게임 내에서 인플레이션이 생겨났지."

게임을 하려면 게임에 필요한 요금을 내야 할 뿐만 아니라 장비나 필요한 용품을 사기 위해 게임 내 금전도 필요하다.

그런데 인플레이션 때문에 그러한 소모품의 가격이 터무니없이 높아지면서, 현질을 하지 않으면 게임 플레이 자체가 불가능하게 될 지경이었다.

"그제야 게임 회사는 아차 했지만 이미 상황은 늦었지."

오토 유저가 일반 유저의 두 배를 넘는 상황에서 오토 유저를 쫓아낸다는 것은 엄청난 돈을 포기하는 것이었고, 다른 게임들도 많으니 뒤늦게 그들을 쫓아낸다고 해서 유저들이 돌아올 가능성도 없었다.

"그리고 돈을 거래하는 일반 유저들이 급감하자 작업장 역시 해당 게임에서 손을 떼 버렸지."

"헐."

"그래서 새로운 게임이 채 3년도 못 가서 망해 버렸어."

게임 자체로만 보면 충분히 잘 만든 게임이었지만 악순환의 고리에 빠져 버린 것이다.

"저들도 마찬가지야."

지금 남자들을 쫓아내면 당장 수익이 안 난다.

하지만 그렇다고 그냥 계속 받으면, 계속해서 진상들만 들어올 것이다.

"결국 천천히 망하게 되는 거지."

"그냥 그렇게 망할까?"

"그렇지는 않겠지."

저들뿐만이 아니다. 다른 곳들 역시 비슷한 현상을 겪고 있다.

그러니 그들도 그냥 당하고 있지는 않을 것이다.

아마도 나름대로 살기 위해 노력할 것이다.

"저들이 어떤 방법을 쓸지 두고 보자고."

⚖

"이런 씨발⋯⋯."

지난 며칠간의 매출을 점검하던 서우덕은 한숨을 쉬었다.

매출이 또 줄었다, 확실하게.

"뭐야, 이거? 왜 이렇게 줄어드는 거야?"

이유야 안다. 포스기에 보면 판매 기록이 남으니까.

테이크 아웃을 해 가는 사람들의 숫자는 과거에 비해 10%

도 되지 않는다.

커피숍의 주요 손님인 여자 손님들의 방문이 급격하게 줄어들었고, 그에 따라 헌팅한답시고 오던 남자들까지 서서히 발길을 끊었다.

이제 와서 여자 손님들에게 다시 오라고 읍소해 봐야 오지도 않을 게 뻔했다.

오면 성희롱을 당하는 걸 뻔하게 아는데 그들이 다시 오겠는가?

"이런 씨발."

그는 침을 꿀꺽 삼켰다.

이렇게 손님의 숫자가 계속 바닥을 치면 남는 것은…….

그가 그렇게 한숨을 쉬고 있을 때 누군가 그를 찾았다.

"서 사장! 서 사장!"

문이 열리면서 들어오는 사람들.

그들은 왠지 표정이 좋지 않았다.

"어쩐 일이세요?"

"저기 말이야, 혹시 자네도 판매량이 줄었나?"

"네?"

"판매량 말이야. 그러니까…….."

"네."

말하지 않아도 뻔하다.

저들도 판매량이 줄어들어 다급하게 달려온 것이다.

"이게 어떻게 된 거야?"

"저도 모르겠습니다. 아니, 왜 갑자기……."

판매량이 무려 70%나 줄었다. 그로 인해 어마어마한 피해를 입었다.

덩치가 크다는 것은 그걸 유지하는 데 들어가는 돈도 엄청나다는 소리다.

그러니 이렇게 매출이 줄어들면 단순히 매출 70%가 줄어드는 게 아니라 순수익이 확 떨어진다는 뜻이 된다.

지금 그들은 돈을 버는 게 아니라 가게를 유지하는 것만 해도 벅찰 지경이다.

아니, 가게를 유지하기 위해 대출을 받는 수밖에 없었다.

"백 사장이랑 김 사장도 매출이 줄었대."

"네?"

자신만의 문제가 아니라는 소리다.

서우덕은 왠지 공포가 몰려왔다.

복수재단. 그들의 이름이 머릿속에서 떠나질 않았다.

"어쩌지?"

"저도 모르죠. 이런 일이 벌어질 줄이야."

"지금이라도 이름을 바꿔 볼까?"

"이 뒤에 복수재단이 있다면 이름을 바꾼다고 해서 뭐가 바뀌겠어요?"

인터넷에서 벌어진 일이 복수재단이 한 것인지는 알 수 없다.

그러나 한 가지 확실한 것은, 복수재단은 자신들에게 절대로 우호적이지 않다는 것이다.

오히려 적대적이지.

"젠장……."

과거라면 그런 건 우습다.

그러나 이렇게 매출이 떨어진 상태에서 복수재단의 행동은 부담이 될 수밖에 없다.

"우리도 뭐 경품 하나 걸어야 하는 거 아닌가 몰라."

"무슨 경품요? 왜 우리가 경품을 걸어요?"

"안 그런가? 테이크 아웃 해 가던 사람들이 죄다 오지 않으니까. 거기에다 우리 가게 평도 안 좋고."

"끄응……."

손님의 숫자는 점점 더 줄어 가고 있다. 시간이 지나면 더 줄어들 게 뻔하다.

그렇다고 그냥 버티자니, 대학로의 월세 가격은 절대로 호락호락한 게 아니다.

아무리 자신들이 돈을 많이 번다고 하지만 이곳에 건물을 사서 올릴 정도는 아니다.

"경품이라……."

"뭐든 해 봐야 하지 않겠어?"

"끄응……."

그는 잠깐 고민하다가 문득 고개를 들었다. 그리고 미소를 지었다.

"우리도 뭐 하나 걸어 보죠."

"뭘 걸어? 역시 적당히 차를 걸어야 하나?"

"좋은 생각이네요. 차량. 후후후."

그는 좋은 생각이 났는지 웃었다.

⚖

"잘하는 짓이다."

노형진은 혀를 끌끌 찼다.

그럴 수밖에 없는 게, 상대방이 저항한답시고 대응하기는 했는데 최악의 선택을 한 것이다.

"M30이 뭐야, M30이. 하다못해 우리 같은 오라이언이라 도 하든가."

"그게 문제야?"

"문제지. 저들이 내놓은 차량을 봐."

M30. 한국 기업에서 만든 준중형 차량이다.

저들의 입장에서는 최대한 쥐어짜서 내건 상품일 것이다.

가격은 공식적으로는 1,500만 원이지만 보통 프로모션이 들어가서 1,300 정도 할 것이다.

"그런데 상품으로서 너무 비교되잖아. 나 같아도 오라이 언을 노리지, M30을 노리지는 않겠다. 우리에게 대항하기 위해 차량을 내놓은 것 같은데, 대항이라는 것도 기본적으로 동급의 물건을 써야 가능한 법이라고."

그런데 저들은 돈이 아까우니까 싼 차량을 내놓은 것이다.

물론 그것도 그들이 최선을 다해서 만든 것이니 저들로서는 그만큼 다급하다는 뜻이겠지만.

"뭐, 우리가 유리하면 좋지. 그래도 저거 노리는 사람도 있지 않을까? 경쟁률은 누가 봐도 저쪽이 훨씬 낮을 테니까."

손채림이 보기에는 낮은 경쟁률을 생각해서 저쪽으로 가는 사람들이 있을 것 같았다.

하지만 노형진은 그렇게 생각하지 않았다.

"그렇지는 않을걸. 사람들은 눈에 보이는 것만 믿는 성향이 있으니까."

차량이 주차되어 상품이 확보된 오라이언.

그에 반해서 이름만 걸려 있고 상품은 보이지 않는 M30.

사람들이 어느 걸 믿을지는 뻔하다.

"아마도 저들은 최대한 시간을 끌어 보려고 하는 것이겠지."

최대한 많이 팔아서 그 차값을 벌어 보겠다고 하는 것이리라.

물론 여러 업체가 참가한 것이니 차량 가격이 부담이 되지는 않을 것이다.

하나 그렇다고 해서 차량이 절대로 싼 것은 아니다.

"차라리 안 하면 모를까, 이렇게 비교되는 식으로 하면 도리어 사람들이 이쪽으로 몰릴 텐데 말이야."

"그렇다고 저쪽에서 슈퍼 카를 경품으로 내걸 수는 없잖아."

아무리 업체가 많다고 해도 슈퍼 카를 내걸 수는 없다.

법적인 한도 때문에 결국 최대 한도는 오라이언 수준이다.

"그러니까 실수했다는 거야. 하긴, 후발 주자들이 많이 하
는 실수이기는 하다."

앞사람을 따라 하는 것. 그건 절대로 좋은 선택이 아니다.

이미 사람들의 관심은 그쪽으로 쏠려 있기 때문이다.

그럼에도 불구하고 저들은 할 수밖에 없다.

"그래도 효과가 아예 없지는 않을걸. 사진상으로도 손님
이 확실하게 늘어난 것 같은데?"

"있을지도 모르지, 잠깐은. 내가 그걸 두고 볼 생각은 없
지만."

"응? '잠깐은'이라고?"

그걸 두고 볼 생각이 없다는 말에 손채림은 고개를 갸웃했다.

"그래. 이쯤에서 그러면 추첨을 한번 해 볼까?"

노형진은 씩 웃으면서 말했다.

그러자 손채림은 깜짝 놀랐다.

"추첨이라니? 설마, 오라이언 말이야?"

"그거 말고 더 있나?"

"장난해? 아니, 그거 전시한 지 얼마나 되었다고!"

"장난이 아니야. 진짜야. 기간은 상관없어. 저들의 믿음을
박살 내는 게 중요하지, 후후후."

이것이 법이다

저들이 무슨 생각으로 차량을 걸었는지 노형진은 안다.

그리고 이제 그걸 치고 들어갈 시간이었다.

⚖️

대학로는 사람들로 바글거리고 있었다.

평소에도 사람들이 많았던 곳이지만 오늘은 여느 때보다 훨씬 더 사람이 많았다.

그럴 수밖에 없는 게, 오늘 경품에 대한 추첨이 있기 때문이다.

"사전에 고지한 대로 오늘 오라이언과 명품 가방에 대한 추첨을 진행하겠습니다."

사회자는 단상에서 사람들의 기대감을 돋우고 있었다.

축하 공연이나 몇 마디 축사도 있었지만 그런 사소한 행사에 관심을 가지는 사람은 없었다.

오로지 단상 뒤에 있는, 늘씬하게 빠진 세단에 시선이 가 있을 뿐이었다.

"오늘의 당첨자는……."

사회자의 말에 다들 침을 꿀꺽 삼켰다.

그리고 드디어 당첨자가 발표되었다.

"당첨자는 전남 광양에 사시는 수민호 씨!"

"아깝다!"

"으악!"

"내가 아니네."

많은 사람들이 아쉬워하는 눈치를 보여 줬다.

"아…… 애석하게도 수민호 씨는 여기에 오지 않은 모양이네요, 하하. 하긴, 광양에서 여기까지 왔다가 이거 보러 다시 오지는 않겠네요. 어디 보자…… 이런! 이거 의외인데요?"

고개를 갸웃하는 사람들. 뭐가 의외란 말인가?

"수민호 씨가 고등학교 2학년이네요."

"2학년?"

"헐."

"어린놈이 땡잡았네."

성인도 아니고 고작 고등학교 2학년이 세단의 주인이 되었다는 생각에 다들 아쉽다는 듯 입맛을 다셨다.

"자, 자! 여러분, 걱정하지 마세요. 아직 기회는 있습니다. 설마 차가 한 대뿐이겠습니까?"

"응?"

"다음 달 경품으로 동일한 상품이 나왔습니다."

"헐, 미친."

"다음 달 경품? 그러면 이걸 매달 한다는 거야?"

"와, 끝내준다!"

다 끝났다고 생각했는데 다시 기회를 준다는 말에 사람들의 눈이 빛나기 시작했다.

이것이 법이다

"여러분들에게 기회는 아직 남아 있습니다!"

"오오!"

사람들이 열광하는 모습을 보면서 한쪽은 똥 씹은 표정을 하고 있었다.

다름 아닌 서우덕과 그 일당이었다.

못마땅한 기색을 감추지도 않는 그들을 보면서 손채림은 짜증스럽게 말했다.

"뭐 저렇게 마음에 들지 않는다는 표정이야?"

"마음에 안 들 수밖에 없지. 우리가 먼저 차량을 제공했잖아."

"그래서?"

"그러니 저들도 차량을 제공해야지. 그런데 우리가 다음 달에도 한다고 했으니 저들도 그에 대응하지 않으면 고객이 이쪽으로 몰릴 수밖에 없을 테니까."

"네가 말한 믿음의 문제구나?"

"그래."

실체가 있는 이쪽과 실체가 없는 저쪽의 싸움이다.

그렇다면 사람들은 자연스럽게 실체가 있는 이쪽으로 몰려올 수밖에 없는 것이 현실.

그리고 노형진은 실제로 경품을 제공함으로써 사람들에게 믿음을 얻었다.

결국 저쪽 또한 그걸 얻기 위해서는 같은 행사를 해야 한다.

"사람들은 실물이 있는 쪽으로 모이는 법이잖아. 그런데 저쪽은 이쪽과 달리 실물이 보이지 않으니까."

더군다나 이쪽은 실제로 준 기록이 있고 저쪽은 없다. 그러니 유리한 것은 이쪽이다.

"결국은 저들도 진짜로 줘야 한다는 거지."

그것 때문에 저들은 저렇게 부담을 느끼고 있는 것이다.

물론 주지 않을 수도 있다.

하지만 그럴수록 이쪽은 더 자주 주면 된다.

한 달에 한 번 주는 것과 1년에 한 번 주는 것 중 어느 쪽이 확률이 더 높을지는 누구나 안다.

"결국 도발하는 거야."

"도발한다고 과연 넘어올까?"

"넘어오겠지. 그리고 꼼수를 쓸 거야."

"꼼수?"

"당첨자를 내정하겠지."

"설마!"

"설마라고 생각해? 월급도 주지 않는 녀석들이야. 경품을 제대로 주려고 할까?"

손채림은 아차 싶었다.

노형진의 말대로 저들은 월급도 안 줘서 노형진이 복수재단의 첫 번째 타깃으로 잡은 것이다.

그런 자들이, 누군지 확인도 되지 않는 경품의 당첨자에게 제대로 그걸 줄까?

"그러면 주지 않는 거야?"

"아니, 주기는 할 거야."

"그게 무슨 소리야?"

"우리는 실물을 보여 줬어. 하지만 당첨자는 보여 주지 못했지. 당첨자의 정보는 개인 정보이고 마음대로 공개할 수 있는 게 아니니까."

당장 오라이언만 해도 가격이 어마어마하다.

그런데 그 당첨자의 개인 정보를 공개하면 도둑이 들 수도 있다.

"그래서 자세한 정보는 알려 주지 않지."

"그런데?"

"저들도 그건 마찬가지야. 우리와 다른 점은 실물이 없다는 거지."

"음……."

확실히 그렇다. 자신들과 다르게 저들은 실물이 없다.

"아마도 흔한 방식을 쓰겠지."

"흔한 방식?"

"판넬 같은 거."

진짜로 현물을 줄 수 없는 경우 판넬에 금액이나 상품을 적어서 그걸 현물처럼 주고받으면서 사진을 찍는다.

"하지만 판넬은 판넬일 뿐이야."

"아……."

판넬을 주면서 사진을 찍는다는 것은 실물을 줘야 한다는 뜻이다.

"하지만 저들은 그럴 생각이 없을걸."

충분한 수익이 난 것도 아니고, 도리어 요 근래 수익이 급락했다.

그러니 그들의 입장에서는 어떻게 해서든 돈을 아끼려고 할 것이다.

"결국 가짜로 주고받는다는 소리구나."

"그래."

문제는 판넬만 주고 실물을 주지 않으면 상대방이 당연히 소송을 걸어올 거라는 것이다.

"그럴 때 저들이 쓰는 방법은 간단하지."

바로 내정자.

미리 내정자를 결정하고 그와 짜는 것

"두고 봐. 아마 기적처럼 현장에서 당첨자가 나올걸."

그리고 그때가 뒤집을 수 있는 적기라는 것을 노형진은 알고 있었다.

⚖️

얼마 후, 서우덕을 비롯한 다른 집단에서도 추첨하겠다는 발표를 했다.

워낙 사람들이 저쪽으로 몰려가자 방법이 없다고 생각했던 것이다.

그리고 그날도 사람들이 가득했다.

"자, 그러면 M30에 대한 추첨을 시작하겠습니다! 두두두두두!"

입으로 요란하게 분위기를 조성하던 MC는 커다란 상자 안에서 한 장의 종이를 꺼내 들었다. 그리고 크게 외쳤다.

"안양시에 사시는 성조아 씨!"

"오!"

"내가 아니네."

"아깝다."

아쉬워하며 고개를 흔드는 사람들.

"성조아 씨 없나요? 네? 없어요?"

"여기요! 여기요!"

다급하게 나온 성조아라는 여자는 쪽지를 확인하고 펄쩍펄쩍 뛰었다.

"네! 성조아 씨에게 M30이 증정되겠습니다!"

커다란 판넬을 건네면서 웃는 사회자.

그리고 그 뒤에서 미소 짓는 서우덕과 그 일당.

노형진은 그걸 보면서 혀를 끌끌 찼다.

"너무 뻔해서 기가 차다, 기가 차."

현장에서 등장한 당첨자. 그리고 현물 대신에 등장한 커다란 판넬.

추측 그대로, 우연치고는 너무나 공교로운 우연이다.

"감사합니다! 감사합니다!"

차를 받았다고 방방 뛰는 성조아를 바라보던 노형진은 혀를 끌끌 차면서 소리를 크게 질렀다.

"이건 뭐 짜고 치는 고스톱도 아니고! 아니, 짜고 치는 고스톱 맞나?"

"뭔 소리야?"

노형진이 소리를 지르자 순간 사회자가 움찔했다.

그리고 사람들의 시선이 노형진에게로 향했다.

노형진은 차가운 눈빛으로 그들을 바라보았다.

"당신들, 너무한 거 아냐?"

"넌……!"

노형진이 복수재단의 임원이라는 사실은 다들 알고 있었다.

회의 당일에 전면에 나서서 이야기했으니까.

당연히 그런 노형진에게 좋은 이야기가 나올 수가 없었다.

"뭔 개소리야? 상생한다면서, 남의 업무를 방해하는 게 상생이야?"

"상생의 대상은 모두지, 일부 몇몇 사람들이 아니야. 안 그런가요, 성조아 씨?"

"그건……."

성조아는 당황해서 어쩔 줄 몰라 하는 눈치였다.

그걸 본 사람들은 뭔가 이상하다는 생각을 했다.

물론 생각지도 못한 상황이기는 하지만 그렇다고 해서 그녀가 당혹할 이유는 없기 때문이다.

그냥 운 좋게 당첨되어서 차량을 받은 것뿐인데.

"그거, 진짜 주기는 하냐? 진짜 줘도 문제고, 안 줘도 문제인 거 알지?"

"뭐야?"

"무슨 소리야?"

어리둥절한 표정으로 노형진과 서우덕 일파를 번갈아 보는 사람들.

노형진은 그들을 바라보면서 전면으로 나섰다.

그리고 서우덕을 차갑게 바라보면서 말했지.

"아무리 그래도 그렇지, 성조아 씨는 당신 처제잖아? 처제한테 경품이랍시고 차를 주는 것은 너무하는 거 아니야?"

"뭐?"

"그게 무슨 소리야?"

순간 어리둥절한 표정이 되는 사람들.

처제라니? 그러니까 처의 동생이라는 소리가 아닌가?

"아무리 차가 아까워도 그렇지, 국민들을 대상으로 장사를 그딴 식으로 하나?"

"그건……."

서우덕은 아차 싶었다.

성을 들으면 걸릴까 봐 다른 사람 이름으로 해야 했는데, 때마침 적당해 보이는 사람이 있었으니 다름 아닌 처의 동생이었다.

성도 다르고 다른 지역에서 살고 있으니 의심도 지울 수도 있다.

물론 노형진 역시 그 부분을 예상하고 있었다.

이런 행동은 엄밀하게 말하면 사기다.

정확하게는 경품 제공에 관한 법률 위반이다.

"무슨 소리야?"

"그러니까 애초에 차를 가지고 갈 사람은 정해져 있었다는 소리야?"

사람들이 웅성거리기 시작했다.

떨어졌다고 돌아가려고 하던 사람들도 다시 몸을 돌려서 다가오기 시작했다.

"누가 그래! 말도 안 되는 헛소리를!"

서우덕은 아차 싶었는지 크게 소리를 질렀다.

본능적으로 여기서 걸리면 일이 커진다는 것을 알아차린 것이다.

"말도 안 되는 개소리 하려면 꺼져!"

"개소리라."

"그래!"

"하지만 처제인 것은 맞지 않습니까?"

노형진은 훌쩍 단상으로 올라가면서 말했다.

"부정하시는 건가요?"

"그건……."

그는 침을 꿀꺽 삼켰다.

처제인 것을 알고 온 녀석이 이대로 그냥 갈 리는 없다.

여기서 부정해 봐야 먹히지 않는다는 것을 알고 있는 서우덕은 그 부분은 인정할 수밖에 없었다.

"그래, 처제다. 그래서 뭐 어쩔 건데? 처제는 우리 카페에서 커피도 못 마셔? 어?"

"거참, 처제쯤 되면 공짜로 주시지, 너무하시네."

노형진은 실실 웃으면서 말했다.

그리고 성조아를 지그시 바라보았다.

"커피 많이 마시셨나 봐요? 이렇게 낮은 확률로 당첨되는 거 쉬운 거 아닌데."

"어…… 네……. 많이 먹었어요."

성조아는 덜덜 떨리는 몸을 간신히 진정시키면서 말했다.

자신도 여기서 걸리면 욕먹는다는 것을 알고 있었기 때문이다.

"그래요?"

노형진은 고개를 끄덕거렸다.

어차피 이들이 진실을 말하리라 기대하지는 않는다.

"그러면 다른 사람에게 물어보죠."

그러자 모두의 시선이 자연스럽게 MC에게로 향했다.

그는 주춤주춤 뒤로 물러났다.

"그래서, MC분은 어떻게 생각하십니까?"

"뭐…… 뭘요?"

"당신이 그걸 뽑았지요. 만일 조작했다면 당신이 했다는 소리입니다. MC를 하시는 분이 설마 이게 문제가 되리라는 사실도 모르지는 않으실 테고."

"난……."

노형진이 다가가자 MC는 움찔거리면서 뒤로 물러났다.

'이런 씨발…….'

그가 이렇게 움찔거리는 데에는 그럴 수밖에 없는 이유가 있다.

사실 이런 식으로 경품을 빼돌리는 것은 흔하게 벌어지는 일이다. 당연히 어렵지 않은 부탁이라고 생각해서 들어준 것이다.

'하지만…….'

엄밀하게 말하면 현행법 위반이기 때문에 대부분 쉬쉬한다.

만일 여기서 자신이 걸리면 자신만 처벌받는 게 아니다.

자신이 MC를 봤던 다른 곳에 대해서도 조사가 진행될 가능성이 높다.

"전 모릅니다. 진짜예요. 전 몰라요."

"그래요?"

"네, 엉뚱한 사람 잡는 겁니다. 우연이에요."

그는 우연이라고 딱 잡아떼고 있었다.

하지만 사람들의 시선은 절대로 이 일을 우연으로 보고 있지 않았다.

"우연이라······."

물론 우연일 수도 있다.

서우덕의 말대로 놀러 와서 커피 한 잔 마시면서 응모한 것이 뽑힐 수도 있는 거니까.

"뭐, 저도 우연이라면 좋게 생각합니다. 가족이라는 이유로 역차별받는 것도 결코 좋은 행동은 아니니까요."

노형진이 물러서는 듯한 행동을 보이자 속으로 안도의 한숨을 내쉬는 MC.

그러나 노형진은 뒤로 물러선 게 아니었다.

"그러면 이걸 여기서 까 보면 되겠네요."

"뭘요?"

"여기에 있어."

두 사람이 이야기하는 사이 인파를 헤치고 나온 손채림은 노형진에게 커다란 카메라를 건넸다.

"허억!"

카메라도 작은 게 아니었지만 거기에는 카메라보다 훨씬 커다란 렌즈가 달려 있었다.

"보다시피 아주 고배율의 렌즈가 달려 있지요. 이걸로 처음에 시작할 때부터 지금까지, 당신의 손을 단 한 번도 놓치지 않고 찍었습니다."

"아, 아니…… 그게……."

자신의 손을 찍었다는 말에 MC는 움찔거렸다.

그러나 이미 하지 않았다고 했는데 이제 와서 물러날 수는 없는 노릇.

"이거 형사처벌 대상인 거 아시죠?"

"그건……."

그는 침을 꿀꺽 삼켰다. 그리고 서우덕을 바라보았다.

서우덕은 그런 그에게 눈을 부라리면서 겁을 주려고 했다.

"아, 확인하기 전에 한마디만 할게요."

"뭘요?"

"아까 찍으면서 이상하다고 생각한 건데, 왜 단 한 번도 손을 펴지 않았나요? 마이크를 쥔 것도 아닌데 말이지요."

"허억!"

손을 펴지 않았다는 것. 그건 그 안에 뭔가 있었다는 소리다.

"그러면 까 볼까요?"

노형진은 사진기를 들면서 은근히 말했다.

"그게…… 사실은……."

아무래도 자신이 걸렸다는 생각에 MC는 어쩔 수 없이 사실을 말하려고 했다.

자신이 걸리면 단순히 '죄송합니다.'라는 말로는 끝나지 않기 때문이다.

그러자 그걸 알아챈 서우덕과 다른 일당이 소리를 지르면서 위로 올라오려고 했다.

"어디서 접주는 거야!"

"지랄하지 마!"

그들이 다급하게 움직이자 관중 역시 뭔가 걸리는 게 있다는 사실을 알아차리고는 위로 올라가려고 하는 그들을 막았다.

"켕기는 게 있나 봐."

"떳떳하면 올라갈 이유가 없지. 안 그래?"

"비켜, 이 새끼들아!"

"이제는 손님들한테 새끼라고 하는 거야? 미쳤네, 미쳤어!"

언성이 높아지는 사람들.

노형진은 그쪽을 바라보다가 다시 MC에게 고개를 돌리고는 그에게 손을 내밀었다.

"종이."

"네?"

"당첨자 종이 한번 꺼내 봐요."

"그건……."

"싫으면 이거 까고."

그는 한숨을 쉬면서 들고 있던 종이를 내밀었다.

노형진은 그걸 펼쳤다.

확실히 성조아의 이름과 주소가 적혀 있었다.

하지만 노형진은 그걸 보려고 종이를 달라고 한 게 아니었다.

"참 많이도 접었네요."

"……."

"몇 번 접었나? 다섯 번이나 접었네요? 우연인가요? 용케도 이렇게 작은 종이를 이 추첨함에서 찾았습니다?"

"……."

보통 이러한 추첨함에 넣는 종이는 한 번, 많아야 두 번 접는다.

그럴 수밖에 없는 게, 너무 많이 접어서 넣으면 작아서 잘 잡히지 않기 때문이다.

"더군다나 살짝도 아니고 아주 꽉 접었네요, 사이즈로 보아하니."

노형진은 그 추첨 용지를 두 번 접어서 손에 대고 사람들에게 보여 줬다.

그러자 추첨 용지가 손 바깥으로 나갈 정도로 드러났다.

"하지만 한 다섯 번 정도 접으면 안 보이네요."

"아니야!"

"절대 아니야!"

고래고래 소리를 지르는 서우덕.

그러나 이미 분위기는 이쪽으로 넘어온 후였다.

"거기에다가 아까 영상을 찍으면서 보니까 당신, 손을 그렇게 깊숙이 넣지 않던데."

노형진은 다섯 번 접은 용지를 그에게 내밀었다.

"이 정도면 추첨함 가장 아래에 있어야 정상 아닙니까?"

뭔가를 넣고 흔들었을 때 작은 물체는 아래로 큰 물체는 위로, 그게 정상이다.

그런데 분명히 들고 오면서 흔들렸을 테고 MC도 뽑기 전에 흔들었는데, 중간에서 이 작은 용지가 나왔다?

그건 불가능하다.

"죄송합니다. 어쩔 수가 없었어요. 저들이 시킨 거예요."

구석에 몰릴 대로 몰리자 결국 MC는 실토하는 수밖에 없었다.

여기서 더 버티다가는 자신이 이 바닥에서 퇴출될 게 뻔하기 때문이다.

"야! 내가 언제……!"

서우덕은 다급하게 입을 막으려고 했다.

하지만 이미 MC는 사실을 말했고, 사람들은 차가운 눈빛으로 서우덕과 그 일당을 바라보고 있었다.

"성조아 씨."

노형진은 파랗게 질린 얼굴로 바들바들 떨고 있는 성조아를 불렀다.

"증언 나왔습니다. 이제 공범인 거 아시지요?"

"저…… 전 몰라요! 이게 위법인지도 몰랐어요! 그냥 받은 척하면 50만 원 준다고 해서……!"

"야, 아가리 안 닥쳐!"

서우덕은 다급하게 소리를 질렀다.

노형진은 그런 서우덕을 차갑게 바라보았다.

"그런 소리 하시면 쓰나요. 당신 때문에 처제가 전과자가
되었는데."

"저…… 전과자요?"

"네."

"잘못했어요……! 어허헝! 진짜예요! 전 몰랐어요!"

엉엉 울면서 노형진에게 매달리는 성조아.

그리고 그걸 보면서 언성을 높이는 서우덕.

"아가리 닥치라고! 야!"

"너야말로 아가리 닥쳐!"

"와, 진짜 사기꾼 새끼 아니야?"

웅성거리는 사람들.

노형진은 당혹스러운 표정으로 이쪽을 바라보고 있는 서
우덕의 패거리를 바라보면서 말했다.

"당신들도 공범입니다. 아시죠?"

그들은 당황해서 주춤주춤 뒤로 물러났다.

관중 중 몇몇은 벌써 경찰을 부르고 있었는데, 그걸 본 그
들은 저마다 발뺌하기 시작했다.

"나…… 난 몰라요!"

"난 몰라!"

"우리가 한 거 아냐!"

"이거 서우덕 저 새끼가 하자고 한 거야!"

단순히 할인 쿠폰의 문제가 아니다.

이게 나가면 가게에 치명적인 타격이 갈 거라는 것을 알고 있기 때문에 그들은 책임을 서로에게 미루기 시작했다.

"뭐라고?"

서우덕은 당황했다.

자신이 의견을 낸 것은 맞지만 자기 혼자 한 건 아니다.

이런 일은 혼자서 할 수 있는 일이 아니다.

노형진은 그런 서우덕과 다른 사람들 사이에 끼어들었다.

"진짜인가요?"

"뭐…… 뭐가요?"

반말을 지껄이던 패거리는 움찔거리면서 순간 존댓말을 토해 냈다.

"진짜로 당신들은 모르는 겁니까? 그렇다면 이건 서우덕 씨의 업무상 횡령에 해당됩니다만."

"뭐라고요?"

"업무상 횡령이라면 이야기가 달라지지요. 죄 없는 사람을 처벌할 수는 없지 않습니까?"

그 짧은 순간 패거리의 머리는 팽팽 돌아갔다. 그리고 순식간에 결론이 나와 버렸다.

"너 이 새끼! 왜 그랬어?"

"뭐, 뭣?"

"우리가 주자고 했잖아! 그런데 왜 처제한테 선물을 넘기느냐고!"

"뭔 개소리야! 너희가 하자고 했잖아!"

"우리가 언제!"

서우덕이 소리를 고래고래 지르며 항변했지만 이미 패거리는 그를 희생양으로 삼기로 결정한 상태였다.

한 명이 말꼬를 트자 너도나도 달려들어서 서우덕을 물어뜯기 시작했다.

"저놈이 그랬어요!"

"난 아니야! 너희들이 하자고 했잖아!"

고래고래 소리를 지르는 그들을 보면서 노형진은 씩 미소를 지었다.

그들이 싸우는 모습은 그대로 인터넷에 올라갔다.

그리고 그들의 가게는 그다음 날부터 파리만 날리기 시작했다.

안 그래도 이미지가 좋지 않았던 서우덕의 가게인 아실라는 손님이 전혀 오지 않아서 파리만 날리는 지경이었다.

물론 멋모르고 오는 손님들이 있기는 했지만, 그것만 가지고 가게를 운영할 수는 없었다.

"후우."

서우덕은 얼굴을 부여잡고 텅 빈 커피숍에서 한숨만 쉬고 있었다.

손님이 너무 안 와서 매일같이 적자를 보고 있다.

최대한 인원을 줄이고 직원들을 쫓아냈지만, 그렇다고 해서 커다란 덩치의 가게가 갑자기 홀쭉해지는 것은 아니었다.

"이런 씨발."

나중에야 복수재단의 목표가 자신인 것을 알았다.

자신이 월급을 주지 않고 사람들을 쫓아냈으니 자신도 망하게 하겠다는 것이었다.

"젠장, 망할 개새끼들. 돈 몇 푼이나 한다고 그걸 가지고 복수 운운하는 거야!"

그는 화내면서 이를 박박 갈았다.

하지만 더 이상 버틸 수 있는 방법이 없었다.

그와 함께하던 자들은 그에게 죄를 뒤집어씌우기 위해 모조리 발을 빼 버렸고, 전국에 자신의 가게에 대해 소문이 파다하게 나는 바람에 손님이 없었다.

오는 놈들도 시커먼 선머슴뿐이고, 카페의 주요 손님인 여자들은 거의 없는 지경이었다.

"젠장, 젠장."

그리고 그건 악순환이었다.

여자들이 없으니 헌팅한다고 오던 남자들도 안 오고, 또 온다고 해도 여직원들에게 찝쩍거리니까 아르바이트생들도 모조리 그만두었다.

요즘은 하루하루 버틸수록 손해만 보는 상황.

"그래, 이름 바꾸자. 한두 번도 아니고, 결국 이름 한번 바꾸면 끝이야."

서우덕은 이를 악물며 말했다.

이름을 바꾸고 완전히 새로운 업체인 것처럼 꾸며서 다시 가게를 하면 그만이다. 그러면 모든 문제가 해결된다.

여러 번 해 봤으니까 이번에도 될 것이다.

그는 그렇게 생각했다.

"무리일 텐데요."

그 순간 들리는 목소리에 그는 고개를 돌렸다가 절로 이를 갈았다.

"개새끼."

자신을 바라보며 웃고 있는 남자. 노형진이었다.

"이름 바꾸시려고?"

"흥, 네가 어쩔 건데? 어? 네가 어쩔 거냐고? 소송이라도 할 거야?"

그는 언성을 높였다.

가게 이름을 바꾸는 건 노형진이 막고 싶다고 막을 수 있는 게 아니다.

"물론 이름 바꾸는 건 막을 수가 없지요. 하지만 다른 건 막을 수가 있지요."

노형진은 뭔가를 가방에서 꺼내 흔들면서 말했다.

그 파일철을 본 서우덕은 왠지 모를 불안감이 몰려왔다.

"그…… 그건 뭐야?"

"임대계약 약정서입니다."

"뭐?"

"말 그대로예요. 임대계약 약정서. 다음 계약을 미리 하고 왔지요."

"다…… 다음 계약이라니?"

그는 현실을 부정하고 싶어서 되물었다.

하지만 눈앞에 닥쳐온 현실은 부정할 수가 없었다.

"말 그대로 다음 계약입니다. 이곳에 대한 다음 계약요. 슬슬 계약을 갱신할 때 아닌가요?"

"뭔 개소리야! 누구 마음대로!"

"건물주 마음대로지요. 조물주 위에 건물주라는 말 못 들어 봤습니까?"

노형진은 피식 웃으며 말했다.

"복수재단의 목적은 상생이지요. 하지만 그러지 않으려는 분들도 계시거든요. 그런 분들은 어떻게 해야 할까요? 그냥 망하게 하는 게 정답이지요."

"이, 이……."

너무나 충격적인 말에 서우덕의 손이 바들바들 떨렸다.

하지만 이제 와서 그가 할 수 있는 것은 없었다. 이미 차기 임대차계약이 끝났다면 자신은 나갈 수밖에 없다.

"이곳에 대한 권리금이 얼마나 될까요? 대학로 한복판에 3층을 통째로 쓰는 커피숍이라……. 아마 권리금이 10억은 될 것 같은데."

"으으으……."

"권리금, 건물주에게는 요구하지 못하는 거 아시지요?"

그랬다.

노형진이 그를 망하게 하기 위해 가장 확실하게 선택한 방법.

그건 건물주와 직접 계약하는 것이었다.

"아마 못해도 권리금 6억은 주고 오셨을 텐데."

하지만 노형진이 건물주와 직접 계약한 이상 그건 법적으로 받을 수 없는 돈이었다.

"그동안 얼마나 버셨나 몰라? 뭐, 많이 버신 것 같기는 한데……."

그래 봤자 그가 6억을 넘게 벌 수는 없다.

사실 권리금 6억만이 문제가 아니다. 리모델링 하면서 들어간 돈도 있고 기타 관리비도 있다.

그 모든 것과 그동안 번 돈을 생각하면 망한 거다.

그것도 아주 폭삭.

"1년 후입니다. 그때까지 가게 비워 주세요."

"서…… 선생님……! 선생님…… 제발…… 한 번만…… 선생님……."

서우덕은 자신도 모르게 무릎을 꿇었다.

그리고 무릎으로 기어서 노형진에게 다가가 두 손을 싹싹 문질렀다.

"잘못했습니다. 제발…… 한 번만…… 한 번만……."

말 그대로 재기 불능.

서우덕은 그런 상황이 될 수 없었다.

안 그래도 지난번 사건으로 인해 아내와의 사이가 틀어졌다. 처제를 범죄자로 만들었으니 좋은 소리를 들을 수는 없었다.

그런데 거기에 이렇게 폭삭 망하면 이혼은 피할 수 없다.

그럼 재산을 나눠 줘야 하는데, 그렇게 되면 자신은 말 그대로 길바닥으로 나앉을 수밖에 없다.

"다른 직원들도 그랬지요."

"네?"

"제발 월급을 달라고, 받아야 하는 돈을 달라고."

노형진은 몸을 굽혀서 그의 귀에 대고 조용히 속삭였다.

"그런데 당신은 뭐라고 했지요?"

"나…… 난……."

"법대로 하라고 했지요."

"난……."

"나도 법대로 할 겁니다."

노형진은 가차 없이 몸을 돌렸다.

"재주껏 1년 안에 본전을 뽑아 보세요. 뽑을 수 있을지는 모르겠지만."

"으아아!"

홀로 남은 서우덕이 안에서 절규를 내지를 때, 노형진은 느긋하게 바깥으로 나와서 차에 올라탔다.

"한 방이네."

"그렇지."

"그런데 왜 이렇게 복잡하게 한 거야? 그냥 다른 곳에서도 이렇게 하면 되잖아?"

계약해 버리고 나가라고 하면 그만이다. 그러면 대부분의 업소는 권리금도 포기하고 쫓겨나야 한다.

그렇게 간단한 방법을 두고 왜 복잡하게 사은품까지 뿌려 가면서 방해했는지, 손채림은 이해할 수가 없었다.

"복수재단을 알려야 하니까."

"응?"

"건물을 계약해서 쫓아내는 것은 어려운 일이 아니야. 하지만 그렇게 해서는 사람들에게 알려지지 않지. 그는 망하게 할 수 있지만. 전에 말했잖아, 일벌백계라고."

"아아."

만일 그렇게 그만 망하게 하면 주변에서는 그걸 알지도 못

할 테고 여전히 월급을 주지 않으면서 버티는 놈들이 있을 것이다.

"하지만 홍보하고 제대로 보복하는 걸 보여 주었으니 최소한 대학로에서 월급을 주지 않는 놈은 없겠지."

"아!"

복수재단에 찍히면 망한다.

그게 노형진이 노리는 것이었다.

"그나저나 복수재단 홍보를 뭐라고 해야 하나? '확실하게 망하게 해 드립니다.'라고 해야 하나? 후후후."

다음 권으로 이어집니다

200평 초대형 24시 만화방

수면실
(침대식) ── 사우나석

다인석 ── 샤워실

세탁기 ── 신간100%

수원 인계동점

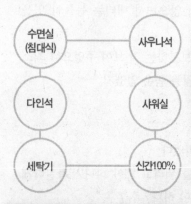

● 나혜석거리 ● 농협

● CGV ● 수원시청역 ⑧

무비 사거리

소주한잔
건물
24시 만화방 3F ● 홍콩반점 ● 홈플러스

TEL : 031-226-3771
수원시 팔달구 인계동 1041-11 3층 24시 만화방

의정부점

의정부역 ④
⑤ 홍선지하도

◀서울방향

진성약국 던킨도넛츠

24시 만화방
3F

TEL : 031-856-3971
경기도 의정부시 의정부동 197-13 3층

주안점

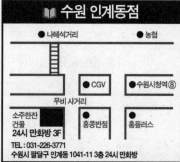

주안
남부역

◀제물포 민병철
어학원 간석동▶

25시 만화방 6F

TEL : 032-426-2871
인천광역시 주안남부역 지하상가 4번 출구 GS25 건물 6층

안양점

● 안양역 육
교

◀관악역 명학역▶

● 농협 24시 만화방
2F
안양일번가

TEL : 031-466-3771
경기도 안양시 안양동 674-163 조이당구장건물 2층

역대급 창기사의 회귀

조선생님 판타지 장편소설

ROK FANTASY STORY

'급'의 차이를 보여 줄 창기사가 돌아왔다!
『역대급 창기사의 회귀』

첩의 자식으로 태어나
창 하나로 오랜 내전을 종식시켰으나
믿었던 황제와 동료들에게 살해당한 조슈아

눈을 떠 보니 어린 시절로 돌아와
기쁨에 차 복수를 꿈꾸지만……
황제의 음모는 이미 시작되고 있었다!

놈이 눈치채기 전에 대륙을 평정해야 한다!
올겨울, 당신의 예상마저 뒤엎을
무패의 기사의 대역전극이 펼쳐진다!

갑질하는 영주님

장대수 퓨전 판타지 장편소설
ROK FUSION&FANTASY STORY

『디 임팩트』『더 프레지던트』의 **장대수** 신작
중독성 **갑**, 재미의 **갑질**이 시작된다!

외계인의 침략에 맞서다
워프기 속에서 산산이 분해된 민병대장 박현성
푸른 눈의 어리고 약한 소년 영주
이안으로 깨어나다!

뭐, 빚쟁이 영지에 꼭두각시 영주라고?

뿌리부터 썩은 영지를 바꿔라!
탐관오리들에겐 몽둥이찜질을 내리고
영지를 노략질하던 해적은 털어먹고
사람 목숨 가지고 노는 흑마법사에겐
가차 없는 참교육과 죽음을!

고대 유령의 검술, 각성한 워프 능력!
약한 영주 이안에서 강한 영주 이안까지!